HISTOIRES DU SOIR

LES ANIMAUX

CONTES, FABLES ET LÉGENDES

Illustrations de couverture :
Anaïs Rotteleur pour la première de couverture
Bruno David pour la quatrième de couverture
Sandrine Morgan pour le dos

Illustrations intérieures :
Estelle Chandelier, Laura Guéry, Jérôme Brasseur, Emmanuel Saint,
Laurence Schluth, Sébastien Chebret, Sandrine Morgan, Bruno David, Pascale Breysse,
Julie Wendling, Anaïs Rotteleur, Éphémère, Céline Puthier, Jérôme Brasseur,
Didier Graffet, Pauline Lefèbvre, Anne Defréville

Édition : Jérémie Salinger
Maquette : Sandrine Morgan
© 2011 Éditions Gründ
www.grund.fr – 60 rue Mazarine – 75006 Paris
ISBN : 978-2-324-00050-8
Dépôt légal : septembre 2011

Imprimé en Italie

Loi n° 49-956 sur les publications destinées à la jeunesse

HISTOIRES DU SOIR
LES ANIMAUX
CONTES, FABLES ET LÉGENDES

GRÜND

Sommaire

Sommaire

Les Musiciens de la ville de Brême

conte illustré par Estelle Chandelier

I l y avait une fois un meunier qui possédait un âne. Cet âne, depuis de longues années, travaillait pour lui avec courage et fidélité. Tant que ses forces y avaient suffi, il avait apporté au moulin les sacs de blé et en avait remporté les sacs de farine. Mais avec le temps, Longues-Oreilles vieillit, ses forces déclinèrent et son maître décida de le vendre à l'équarrisseur. La malheureuse bête en fut bien affligée : une si affreuse récompense pour tant d'années de bons et loyaux services ! Il résolut de s'enfuir de chez son maître et de chercher fortune ailleurs :

« Je m'en vais aller dans la ville de Brême et m'engager comme musicien. »

Et le voilà parti. Il marcha longtemps, très longtemps, et rencontra, au bord de la route, un vieux chien. L'âne lui demanda :

« Que fais-tu donc ici, Grands-Abois ? »

« Que puis-je faire ? répondit le chien. Je me repose un peu. Mon maître m'a chassé parce que je ne courais plus assez vite pour lui lever le gibier. »

« Viens donc avec moi, reprit l'âne. Je m'en vais, moi aussi, reprendre du service. Je me rends à Brême pour devenir musicien de la ville. Je serai heureux que tu m'accompagnes, peut-être t'engageront-ils aussi. »

Le chien accepta la proposition sans se faire prier. Il se remit sur ses pattes et partit avec l'âne. Bientôt, ils avisèrent un chat, assis sur une borne. Il se tenait là, tout aplati, comme si quelqu'un l'avait battu.

« Que fais-tu là, Terreur-des-Rats ? » lui demanda l'âne.

« Que pourrais-je faire ? répondit le chat. Je reprends un peu mon souffle. La fermière m'a chassé parce que je suis trop vieux

pour attraper les souris. »

« Viens avec nous, reprit l'âne. Je m'en
vais chercher fortune. Je veux me faire musicien de
la ville de Brême. Peut-être t'engageront-ils, toi aussi. »

Et le chat s'en fut, lui aussi, en compagnie de l'âne. Quelque
temps après, ils traversèrent un village et virent, perché sur une
clôture, un coq qui coqueriquait à perdre haleine :

« Que fais-tu donc, Chanteclair ? » demanda l'âne.

« Que ferais-je, répondit le coq. On attend pour
demain une nombreuse société et la maîtresse a dit qu'elle

me couperait le cou pour avoir de quoi la régaler. Voilà la récompense de mon long service ! »

« Viens donc avec moi, reprit l'âne. Je cherche fortune et je vais devenir musicien de la ville de Brême. Peut-être voudront-ils bien t'engager. »

Voici donc, l'âne allant à Brême en compagnie du chien, du chat et du coq. Ils marchèrent longtemps et arrivèrent dans un bois profond. Le soleil s'était couché, la ville de Brême était encore loin et les quatre compagnons décidèrent de passer la nuit auprès d'un gros chêne. L'âne s'appuya contre le tronc, le chat et le chien s'étendirent sur la mousse et le coq se percha sur une haute branche.

De cette hauteur, le coq pouvait observer les alentours et il aperçut une petite lumière.

L'âne, le chien et le chat acceptèrent joyeusement. Après un si long voyage, un peu de foin, quelques morceaux de viande seraient les bienvenus. Ils partirent dans la direction de la lumière.

Ils firent encore un bon bout de chemin avant d'arriver à une chaumière. L'âne se dressa sur ses pattes arrière et, par la fenêtre, regarda ce qui se passait à l'intérieur.

« Que vois-tu, Longues-Oreilles ? » demanda le coq, impatient.

« Ce que je vois, répondit l'âne : une table toujours couverte de victuailles et, autour de la table, sept brigands faisant ripaille. »

« Voilà qui ferait notre affaire ! soupira le coq. Mais comment éloigner les brigands. Il faudrait trouver un stratagème. »

Ils le trouvèrent. L'âne se dressa sur ses pattes de derrière sous la fenêtre, le chien grimpa sur le dos de l'âne, le chat sauta sur la tête du chien et le coq se percha au haut de la pyramide. Et ils commencèrent leur concert. L'âne brayait de tout son cœur, le chien aboyait. Le chat miaulait et le coq poussait ses plus sonores cocoricos. Ils s'y donnaient avec tant d'ardeur que les vitres en tremblaient et se rompirent. D'un coup d'aile, le coq atterrit dans la salle, le chat sauta derrière le coq, le chien derrière le chat et l'âne lui-même dégringola derrière ses compagnons. Les brigands furent tellement épouvantés par nos musiciens qu'ils abandonnèrent la table et s'enfuirent à toutes jambes, la porte n'étant pas assez large pour les laisser passer.

L'âne et ses compagnons prirent place à table et firent honneur

aux plats. Puis, la panse agréablement garnie, ils songèrent à dormir. L'âne alla se coucher sur la paille dans la cour, le chien derrière la porte, le chat près du poêle et le coq se percha au-dessus de la cheminée. Puis tous s'endormirent d'un profond sommeil.

Les brigands, réfugiés dans le bois, ne dormaient pas. Ils se demandaient, inquiets, ce qui pouvait bien se passer dans leur chaumière. Quand ils n'y entendirent plus de bruit et virent la lumière s'y éteindre, ils reprirent un peu courage. Le chef envoya un de ses hommes observer la place. Le brigand s'approcha doucement de la fenêtre. À l'intérieur, rien ne bougeait, il ne vit qu'une lueur vers le poêle. Il pensa que c'était une braise encore rougeoyante, mais ce n'était pas une braise : c'étaient les yeux du chat. Quand il s'inclina pour souffler dessus et ranimer le feu, le chat lui sauta à la figure et lui griffa cruellement le nez. Le brigand, pris de panique, se précipita vers la porte. Mais à peine était-il sur le seuil que le chien se réveilla et le mordit profondément au mollet. Le brigand franchit la porte, mais là, il se heurta à l'âne qui, d'une bonne ruade, l'envoya par-dessus la clôture. Enfin, le coq se mit de la partie, s'époumonant en cocoricos menaçants.

L'infortuné brigand fut heureux de s'en sortir sain et sauf et de pouvoir retourner auprès de ses camarades. Reprenant son souffle avec peine, il raconta :

« Dans la chaumière, il y a une effroyable sorcière, elle m'a déchiré le visage de ses ongles ; près de la porte veille son aide, il m'a transpercé la jambe de son couteau. Dans la cour, s'en tient un autre qui a des poings comme des sabots de mulets, voyez plutôt comment il m'a arrangé le dos. Mais le plus épouvantable, c'est cet autre qui leur criait de me couper le coup ! »

Les brigands se rendirent compte qu'il valait mieux pour eux abandonner la chaumière et ils s'en allèrent chercher une autre forêt où poursuivre leur coupable industrie. L'âne, le chien, le chat et le coq n'entendirent plus jamais parler d'eux. Et comme ils se trouvaient très bien dans cette chaumière des brigands, ils y restèrent et y achevèrent leurs existences tous ensemble dans la joie et le contentement. Et tous ensemble se donnaient de beaux concerts et n'allèrent jamais jusqu'à la ville de Brême.

Pourquoi compère lapin
ne voulait pas creuser de puits

conte illustré par Laura Guéry

Une effroyable sécheresse s'était abattue sur le pays, rivières et lacs étaient complètement à sec et les animaux ne trouvaient plus à s'abreuver. Ils tinrent un grand conseil et décidèrent de creuser un puits très profond. Il était bien clair que, sans cela, ils ne survivraient pas à la sécheresse. Tout le monde tomba d'accord et on se mit sur-le-champ au travail. Seul le lapin regimba : il ne voulait pas creuser, manier la pioche n'était pas son affaire. Les animaux se fâchèrent :

« Gare à toi, compère lapin ! Tu n'auras pas une goutte d'eau ! »

Mais le lapin ne fit qu'en rire et n'empoigna pas la pioche :

« Je trouverai bien à boire ! Je n'ai pas besoin de vous ! »

Les animaux ne prirent pas garde à ses paroles et se remirent de plus belle à l'ouvrage. Pendant un jour, puis un autre jour, ils creusèrent leur profond puits ; le troisième jour, ils atteignirent l'eau. Tous burent leur content puis allèrent se reposer de leur dur labeur. Ils ne pensèrent plus au lapin. Mais le lapin n'avait garde d'oublier. La nuit venue, il alla boire, but tout son soûl et même souilla l'eau.

Le matin, les animaux s'en aperçurent et devinèrent tout de suite qui était le coupable :

« C'est bien sûr le lapin, mais il ne recommencera plus ! »

Et ils postèrent, la nuit venue, un garde auprès du puits.

La première nuit, on la confia à l'ours. Quand le lapin s'en aperçut, il se cacha dans les buissons et se mit à chanter un petit air à danser auquel nul ne pouvait résister :

> *« Hop-là, hé là !*
> *Tra la la*
> *En cadence*
> *Et qu'on danse ! »*

Compère l'ours n'y résista pas. Il se dressa et se mit à danser ; Quand il fut bien à son fait, le lapin interrompit sa chanson. L'ours en resta tout quinaud :

« Quel joli petit air ! Qui peut bien chanter ainsi ? Ce n'était pas l'eau, ni le croissant de lune ! C'est sûrement quelqu'un qui se cache dans le bois ! »

Et il se jeta dans le bois à la recherche du musicien.

Le lapin ne fit ni une ni deux. Il sortit des buissons, sauta dans le puits, but tout son soûl et souilla encore l'eau.

Le lendemain matin, les animaux se rendirent bien compte

que compère lapin avait encore fait des siennes. Ils tancèrent l'ours pour sa mauvaise garde et confièrent la surveillance au singe.

Mais compère le singe ne se comporta pas mieux. À peine le soir était-il venu que compère lapin approcha, se mit à chanter et le singe, bon gré, mal gré, se mit à danser. Quand il fut bien en train, le lapin interrompit sa chanson.

Le singe resta tout étonné :

« Qui chante cette jolie chanson ? Ce n'est pas le croissant de lune ! Ce n'est pas l'eau ! C'est sûrement quelqu'un caché dans le bois. »

Et il se mit à la recherche du musicien.

Et, cette fois encore, le lapin put se désaltérer et encore souilla l'eau. Quand les animaux s'en aperçurent au matin, ils accusèrent le singe d'avoir, lui aussi, abandonné la garde. Et l'on chercha une nouvelle sentinelle ; mais alors le renard prit la parole :

« Nous n'avons pas besoin d'une sentinelle. Fabriquons un bonhomme de résine et vous verrez que compère lapin se prendra bien tout seul. »

On suivit les conseils du renard. Ils firent un bonhomme en résine qu'ils postèrent près du puits et chacun s'en fut à ses affaires. À peine le soir fut-il tombé que survint, selon son habitude, compère lapin qui reprit son petit air :

> *« Hop-là, hé là !*
> *Tra la la*
> *En cadence*
> *Et qu'on danse ! »*

Mais le bonhomme de résine ne bougeait pas d'un pouce. Bien étonné, le lapin vint plus près et chanta plus fort. Rien !

Compère lapin s'énerva ! Il vint tout auprès du bonhomme et dit :

« Hé toi, là-bas ! Qu'as-tu à rester comme un soliveau ? Tu ne pourrais pas t'agiter un peu ! Écarte-toi de mon chemin ! »

Et il bailla au bonhomme un bon coup. Mais cela n'était pas à faire. Sa patte s'englua dans la résine et il ne put l'en retirer. Le lapin se fâcha :

« Lâche-moi, misérable ! Lâche-moi ou tu en recevras encore ! »

Il bailla un second coup. Sa seconde patte se prit dans la résine et le lapin était attrapé pour de bon. Plus il se débattait et plus il s'engluait.

Ce fut ainsi que les autres animaux le trouvèrent au matin. Ils lui époussetèrent convenablement le poil puis le désenglurèrent et chacun de crier :

« Tu vas voir quelle punition nous allons t'infliger ! »

« Ce que vous voudrez, gémit le lapin ! Vous pouvez me pendre, me couper la tête, me noyer, mais je vous en supplie, ne me jetez pas dans les fourrés ! »

« C'est justement ce que nous allons faire puisque tu en as si grand-peur ! »

Et les animaux, sans se soucier des gémissements du lapin, le jetèrent dans les ronces.

Mais le lapin, dans les ronces, est chez lui ! Il y est né, il s'y met à l'abri, il y a sa tanière. Il bondit joyeusement et le voilà loin ! Mais il ne revint plus au puits et ne souilla plus jamais l'eau. Il avait reçu une leçon dont il se souvint toute sa vie.

Le Renard et le coq

conte illustré par Jérôme Brasseur

L e renard vit un coq bien gras dont il aurait volontiers fait son dîner, mais ce coq était fort méfiant et possédait, de surplus, solide bec et ergots acérés.

Le renard se dit :

« La force n'est point de mon côté, essayons la ruse ! »

Il se mit à l'œuvre : il s'approcha de la ferme, guetta l'instant où le coq se trouvait seul, lui dit :

« Cher ami, comme je suis heureux de te voir ! Il y a bien longtemps que je voulais te dire à quel point nous aimons tous ton chant. Il n'y a qu'un personnage qui te critique : il prétend que tu ne peux coqueriquer que les yeux ouverts. Il dit même que, les yeux fermés, tu ne saurais que piailler comme un petit poulet. »

« Quelle calomnie ! s'écria le coq furieux. Je chante tout aussi bien les yeux fermés que les yeux ouverts. Vois plutôt ! »

Sur ce, il ferma les yeux et ouvrit le bec pour lancer le plus sonore de ses cocoricos, mais il n'en eut pas le temps. Avant que le moindre son ne lui fût sorti du bec, le renard l'avait saisi dans sa gueule et s'enfuyait de la ferme.

Juste à cet instant, le fermier revint. Quand il vit le renard emporter son coq, il saisit son gourdin et se lança à sa poursuite. Le coq profita de l'occasion et se mit à crier :

« Renard, attention, ce fermier pourrait bien nous occire tous les deux. Crie-lui bien vite que je vais avec toi de bon gré. »

Le renard ne vit pas de malice à ce conseil, il ouvrit la gueule et cria à pleins poumons :

« Fermier, pourquoi nous poursuis-tu en brandissant ce gourdin ? Le coq est très content de venir avec moi ! »

Le malin renard eut mieux fait de se taire !

Dès qu'il eut ouvert la gueule, le coq en profita, il déploya ses ailes et alla se poser sur la clôture.

Depuis ce jour, le renard, quand il a attrapé un coq, ne parle plus jamais avec le fermier. Et quant au coq, lui, depuis ce jour, il ne coquerique plus jamais les yeux fermés, surtout lorsque rôde aux alentours le rusé renard.

Les Sept Merles

conte illustré par Emmanuel Saint

Il était une fois un roi qui vivait avec ses sept filles. Leur château se dressait sur une petite colline, qui dominait une immense lande. Un jour, le ciel se couvrit et il se mit à pleuvoir sans interruption durant des semaines entières. Plus le temps passait, plus le roi s'attristait. Prostré dans son fauteuil, devant la cheminée, il aurait donné beaucoup pour entendre un oiseau ou une voix humaine chanter entre les hauts murs gris. Mais ses filles n'étaient pas douées pour le chant : depuis leur plus jeune âge, il avait en vain fait venir des professeurs des quatre coins de son royaume, mais il n'y avait rien à faire.

Au bout de trente jours, enfin, le soleil parvint un matin à crever les nuages. Le roi enfila aussitôt ses habits de chasse, ses grandes

bottes, et il disparut dans la lande. Il venait juste de contourner une petite butte couverte de fourrés, lorsqu'il aperçut un point rouge vif qui se déplaçait vivement entre les chardons et la bruyère. Il s'approcha et finit par reconnaître un lutin qui gambadait d'une touffe à l'autre en chantonnant :

« Charmantes princesses,
Ayez pitié de moi !
Que ces bruits cessent
Sous votre toit ! »

Le roi le contempla stupéfait, avant de lui demander :

« Tu connais donc mes filles ? »

Le lutin s'arrêta et répondit :

« Oh oui ! Dès qu'elles se mettent à chanter, mes oreilles me démangent et je suis obligé de sautiller parmi les bruyères.

– Tu les entends d'aussi loin ? »

« Je pourrais les entendre du bout du monde, comme j'entends tout ce qui se passe dans votre château.

– Comment cela se peut-il ? demanda le roi.

– Ma chandelle de vie brûle dans les caves du château. C'est votre aïeul qui l'a allumée là, afin que je le serve. Je me demande comment je pourrais me débarrasser d'elles…

– Te débarrasser de qui ?

– De vos filles ! Enfin…

de leurs chansons, je veux dire. »

Le roi était aussi surpris qu'on peut l'être en entendant pareil discours. Le lutin reprit :

« Je connais encore un peu de magie et je peux faire en sorte que vos filles chantent merveilleusement bien dès que vous vous sentirez triste. Voulez-vous que j'essaie ? »

Le roi acquiesça d'un signe de tête et le lutin s'éloigna par petits bonds, chantant sa chanson.

Quand le roi revint au château, tout le monde l'attendait, l'air accablé : les princesses s'en étaient allées sur la lande après le déjeuner, disant qu'elles voulaient rejoindre leur père, et elles n'étaient toujours pas rentrées.

Alors, le roi prit son épée, sauta en selle et s'éloigna au grand galop. Toute la nuit, il chevaucha à travers la lande avec des gardes et des sentinelles. Ils suivirent tous les sentiers, longèrent les étangs et les marais, visitèrent tous les recoins des bois… En vain : les princesses demeurèrent introuvables.

L'aube pointait quand le roi revint au château. Il se dirigea aussitôt vers la chambre des princesses, où régnait un silence inhabituel. « Comme j'aimerais entendre au moins l'une des fausses notes par lesquelles elles saluaient le jour ! » songea tristement le roi. Et une peine immense lui étreignit le cœur. À cet instant précis, du bord de la fenêtre, il entendit un merveilleux concert de trilles. Il se pencha et aperçut alors sept merles noirs qui fêtaient à tue-tête les premiers rayons du soleil. Il sortit du château en courant, chercha les oiseaux, mais ils avaient disparu.

Toute la matinée, le roi fit les cent pas comme un fou : il ne pouvait s'ôter de l'esprit les sept merles noirs.

À midi, un page lui apporta un plateau sur lequel fumait une grande tourte appétissante. Le roi était affamé ; il était sur le point de découper la tourte, quand soudain sept merles s'en échappèrent, noirs comme du charbon, et de leur bec orangé montait un chant doux comme le miel.

Le roi se frappa le front et courut à toutes jambes vers les caves du château. Là, dans un recoin très sombre, un reste de chandelle brûlait dans un vieux bougeoir. Un minuscule visage sourit au roi, lui fit un clin d'œil et murmura :

« Il faut que vous fassiez quelque chose. Il ne connaît vraiment plus rien à la magie… »

D'un geste hésitant, le roi se saisit de l'éteignoir accroché au chandelier. Puis, très vite, il éteignit la flamme. Au même instant, le murmure d'une chanson sembla s'éteindre sur la lande. Mais le roi souriait, heureux, car il entendait au-dessus de sa tête le vacarme que faisaient ses sept filles, saluant le matin d'un chant plein de fausses notes…

La Vache et le lapin

conte illustré par Laurence Schluth

Un beau jour, le lapin, flânant dans la prairie, avisa une vache. Ses pis étaient gonflés de lait auquel compère lapin aurait volontiers goûté. Mais comment acheter du lait quand on n'a ni sou ni maille ! Le lapin résolut d'obtenir le délicieux breuvage sans délier sa bourse et salua cordialement la vache :

« Ma commère, comment va la santé ? »

La vache ne se plaignit pas :

« Mais fort bien, mon compère, sinon que je ne me sens pas en appétit : cette herbe est trop sèche. »

Le lapin vit là l'occasion à saisir :

« Tu devrais essayer de ces prunes qui poussent là auprès. Je gage qu'elles te mettraient en appétit. »

Dans le coin de la prairie poussait en effet un prunier couvert de fruits. La vache considéra un moment le lapin et répondit :

« Tu as raison, quelques prunes ne me déplairaient pas. Mais comment les faire tomber ? »

Le lapin avait sa réponse prête :

« C'est bien facile : cogne un peu sur le tronc et les prunes tomberont. »

La vache donna un bon coup d'épaule sur le tronc mais les prunes étaient encore vertes et aucune ne se détacha.

« Plus fort ! » conseilla le lapin.

La vache y alla plus fort. Sans résultat appréciable.

« Tu devrais t'éloigner et te jeter sur l'arbre à la course », conseilla encore le lapin.

La vache s'exécuta. Cette fois, deux ou trois prunes tombèrent

mais cela ne suffisait pas à la vache.

Elle s'éloigna un peu plus, courut plus fort et attaqua l'arbre de si belle manière qu'une de ses cornes s'y enfonça profondément et qu'elle ne put se dégager.

C'était ce qu'avait escompté le lapin. Il courut chez lui chercher un panier et ramena sa compagne et ses enfants, portant pots et cruches à lait. Le lapin prit place et se mit à traire la vache jusqu'à la dernière goutte. Puis il s'en fut, la remerciant :

« Grand merci, ma commère, pour tout ce lait. Nous te souhaitons bonne nuit. »

La vache était dans une fureur noire, mais complètement impuissante. Sa corne était toujours fichée solidement dans le tronc du prunier, malgré tous ses efforts. Elle resta ainsi toute la nuit. Au matin seulement, elle réussit à extraire sa corne de l'arbre et elle retourna à la pâture. Mais elle méditait sa vengeance :

« Lapin, mon ami, tu ne l'emporteras pas en Paradis ! »

Le soir, ayant bien brouté et ruminé, elle retourna auprès du prunier, remit sa corne dans le trou du tronc et attendit la visite du lapin.

Mais le lapin, par hasard, avait avancé l'heure de sa promenade et avait observé le manège de sa victime. Il ne se laissa pas voir, attendit que la vache se fût bien installée et la salua de loin :

« Comment te sens-tu, ma commère ? »

La vache soupira :

« Ah ! Mon compère, pas trop bien ! Je suis restée ainsi toute

la nuit et je ne puis me dégager. Aide-moi, je t'en prie, tire-moi par la queue ! »

Mais le lapin ne s'y laissa pas prendre :

« Je voudrais bien, mais je n'ai pas assez de force. Tire toi-même, je reste derrière toi pour t'encourager. »

Il s'approcha de la vache qui pensa que l'heure de la vengeance avait sonné. Elle se dégagea d'un coup et courut sus au lapin Mais celui-ci était sur ses gardes, dès que la vache s'ébranla, il s'enfuit. La vache se jeta à sa suite, mais trot de vache n'est point galop de lapin. Le lapin disparut dans les fourrés. Il se cacha dans l'épaisseur des feuilles ne laissant plus voir que son œil en boule de loto. Il avait fait si vite que la vache ne se rendit pas compte que cet œil lui appartenait et cria :

« Holà ! Bel-Œil, n'as-tu pas vu compère lapin ? »

« Je l'ai vu, répondit Bel-Œil le lapin, il bondissait vers la route. Un petit peu de trot et tu l'attrapes ! »

La vache prit le grand trot et courut sur la route jusqu'à l'entrée du village. Elle se rendit compte alors qu'elle n'attraperait pas le lapin et s'en retourna à la pâture.

C'est ainsi que le lapin s'amusa aux dépens de la vache et par deux fois ! Mais la vache ne lui pardonna jamais et le lapin le savait bien.

Quand il la voyait s'approcher, il se dissimulait afin qu'elle ne l'encornât point, comme elle avait fait au prunier.

L'Âne qui devint roi des lions

conte illustré par Sébastien Chebret

Il y avait une fois un âne qui voulait parcourir le monde.
Il rompit son licou, s'échappa de la ferme et prit la route. Il
parvint ainsi fort loin, dans les montagnes. L'herbe lui montait
jusqu'au ventre, l'eau de la rivière coulait fraîche et limpide et le
maître était loin. L'âne se croyait au Paradis et, de béatitude, se mit
à braire à pleine gorge.

Le lion l'entendit braire et fut bien étonné : jamais il n'avait
ouï rien de pareil. Il s'avança vers la prairie pour observer et animal
inconnu. Il aperçut l'âne au milieu du pré et son étonnement s'accrut.
Il n'avait jamais vu un animal si haut sur pattes et muni de si grandes

oreilles. Il s'approcha de l'âne qu'il salua fort civilement :

« Sois le bienvenu, frère ! D'où viens-tu donc et quel est ton nom ? »

« Je viens de contrées très lointaines et je me nomme Super-lion », répondit l'âne.

Le lion ressentit quelque crainte :

« Superlion ? Cela signifierait-il que, là d'où tu viens, tu es le seigneur de tous les lions ? »

« Cela est vrai ! Nul animal au monde ne saurait se comparer à moi ! »

« S'il en est ainsi, grand Superlion, répondit le lion, restons ensemble et nous serons les plus forts de tous les animaux. Partons à la chasse ! »

En chemin, ils se trouvèrent devant une rivière. Le lion la franchit d'un bond. L'âne descendit dans l'eau et faillit se noyer dans le courant rapide. Avec beaucoup de difficultés, il parvint à gagner l'autre rive.

« C'est bien étonnant, dit le lion. Toi qui es si fort, pourquoi as-tu eu tant de mal à traverser cette rivière ? Ne sais-tu pas nager ? »

« Moi, répondit l'âne ! Je nage comme un poisson ! »

« Alors pourquoi es-tu resté si longtemps dans l'eau ? »

« N'as-tu donc pas vu le poisson gigantesque que j'avais attrapé avec ma queue. C'est tout juste s'il ne m'a pas entraîné au fond ! »

Le lion admira la force de Superlion et son habileté à la pêche et poursuivit sa route. En chemin, ils se heurtèrent à un grand mur. Le lion le franchit d'un bond. Mais l'âne s'échina à l'escalader une bonne demi-heure et, quand il fut parvenu au sommet, il y resta ne pouvant plus ni avancer ni reculer. Et le lion lui demanda :

« Que fais-tu donc là-haut ? »

« Ne vois-tu pas que je me pèse, répondit l'âne. Je veux savoir lequel de mon avant-train ou de mon arrière-train est le plus lourd. »

Il sauta enfin à bas de son mur, en grand danger de se rompre le cou.

« À ce qu'il me semble, dit le lion quand l'âne eut touché terre, tu m'as débité des contes et tu n'es pas aussi fort que tu le prétends ! »

« Par exemple ! Veux-tu qu'on se mesure : voyons qui, le premier, réussira à abattre ce mur ! »

Le lion se jeta contre le mur, griffes en avant ; puis il y alla de la tête sans autre résultat que de se mettre en sang, le mur ne céda point. Alors l'âne se retourna et attaqua le mur à grands coups de sabots de ses pattes arrière, démantibulant les moellons et le mur s'effondra.

« Alors, crois-tu maintenant que je suis plus fort que toi ? demanda l'âne. Et je puis en faire bien d'autres ! Regarde ces chardons ! Si tu y touches, ils te piqueront ! Moi, je suis si fort que je peux les manger ! »

Et l'âne se mit à dévorer les chardons à belles dents.

Le lion n'en revenait pas d'étonnement et finit par déclarer :

« Je vois bien maintenant que tu es réellement plus fort et plus puissant que moi ! »

Le lendemain, il convoqua l'assemblée plénière de tous les lions de la terre et on y élit l'âne Superlion, roi de toute la gent animalière…

De ce jour, l'âne vécut heureux comme un roi et il était un roi aimé de ses sujets car il ne faisait jamais tort à personne.

Il ne réclama jamais ni contributions, ni impôts. Il n'avait besoin que d'herbe et de quelques chardons, et cela croît partout en abondance.

Quel dommage qu'un si aimable souverain dût mourir ! Un matin, les lions le retrouvèrent gisant mort sur le pré. Ils lui firent des funérailles royales et le pleurèrent longtemps, bien longtemps. Aujourd'hui encore, quand il leur arrive de penser à lui, ils poussent des rugissements tellement sinistres que toutes les autres bêtes se sauvent bien loin.

Le Crabe et le singe

conte illustré par Sandrine Morgan

Le crabe possédait un petit champ et il y cultiva du riz.

Quand il eut fait la moisson, il reçut la visite du singe, son voisin. À vrai dire, le travail ne lui plaisait guère, mais le riz ne lui disait que trop. Il proposa :

« Écoute, ami crabe, si cela peut te faire plaisir, je te ferais bien une bonne bouillie de riz. »

Le crabe n'avait jamais mangé de bouillie de riz, mais il pensa que ce devait être bon et il répondit :

« Entendu, fais-moi cette bouillie ! »

Le singe installa un chaudron sur le feu, y fit bouillir le riz et, quand il fut cuit, le versa dans un mortier :

« Maintenant, il faut piler le riz ; mais ici, ce n'est pas possible, il nous faut aller sur la colline. »

Le crabe trouvait cela drôle mais il suivit docilement le singe,

chargé de son mortier, sur la colline. Quand ils furent à mi-côté, il n'en pouvait plus et il demanda au singe :

« Ne pouvons-nous pas piler le riz ici ? »

« Impossible, il faut monter plus haut », répondit le singe qui poursuivit son escalade.

Ils continuèrent ainsi jusqu'au sommet ; le malheureux crabe était mort de fatigue. Le singe se mit à piler joyeusement le riz dans le mortier, se léchant à l'avance les babines du régal que cela allait être, mais il pensait en lui-même :

« Un régal pour moi tout seul ! »

Mais quand la pâte fut à point et que le singe voulut vider le mortier, celui-ci lui échappa et tomba sur le sol. Il se mit à dévaler la pente de la colline, le singe bondissant derrière. Le pauvre crabe, recru de fatigue, contemplait bien tristement ce spectacle puis il se décida à se traîner à leur suite, à petite allure.

« Adieu, la bouillie ! » grommelait-il.

La faim pourtant le tenaillait ; mais tout à coup, il sauta de joie : il venait d'apercevoir sur la pente un tas de bouillie de riz. Tandis que le mortier roulait, le riz s'en était échappé et roulait sur l'herbe. Le crabe n'hésita pas une seconde. Il s'installa commodément et se mit à manger.

Pendant ce temps, le singe, qui avait atteint le bas de la pente et rattrapé le mortier, s'aperçut qu'il était vide ! Furieux, il retourna sur ses pas et, en chemin, se heurta au crabe qui avalait sa dernière bouchée.

« Ho ! crabe, laisse m'en un peu ! » cria le singe.

« Mais tu as mangé ce qui restait dans le mortier », répondit le crabe.

« Il ne restait rien », s'exclama le singe.

« Hé bien, ici non plus, il ne reste rien », répondit malicieusement le crabe.

« Attends un peu, gronda le singe, tu me paieras cela ! Je vais réunir tous les singes des alentours. Et ta carapace ne te servira à rien, on t'en sortira tout vif ! »

Et il s'en fut.

Le crabe avait grand-peur. Il se traîna vers sa demeure tout affligé en gémissant :

« Hélas ! Quel malheur ! C'en est fait de moi »

Il rencontra un marron tout rond qui lui dit :

« Ami crabe, pourquoi ainsi te lamenter ? »

« Comment ne me lamenterais-je pas, répondit le crabe. Le singe veut me sortir tout vif de ma carapace ! »

« N'aie pas peur, reprit le marron. Je te défendrai ! »

Il partit en compagnie du crabe. Mais le crabe n'était pas rassuré ; il se traîna vers sa demeure, tout affligé, en gémissant :

« Hélas ! Quel malheur ! C'en est fait de moi ! »

Il rencontra une guêpe qui lui dit :

« Ami crabe, pourquoi te lamenter ainsi ? »

« Comment ne me lamenterais-je pas, répondit le crabe. Le singe veut me sortir tout vif de ma carapace ! »

« N'aie pas peur, reprit la guêpe. Je te défendrai ! »

Et elle partit en compagnie du crabe et du marron. Mais le crabe n'était pas rassuré ; il se traîna vers sa demeure, tout affligé, en gémissant :

« Hélas ! Quel malheur ! C'en est fait de moi ! »

Il rencontra une bouse de vache qui lui dit :

« Ami crabe, pourquoi ainsi te lamenter ainsi ? »

« Comment ne me lamenterais-je pas, répondit le crabe. Le singe veut me sortir tout vif de ma carapace ! »

« N'aie pas peur, reprit la bouse. Je te défendrai ! »

Et elle partit avec le crabe, le marron et la guêpe. Mais le crabe n'était pas rassuré ; il se traîna vers sa demeure, tout affligé, en gémissant :

« Hélas ! Quel malheur ! C'en est fait de moi ! »

Il rencontra un mortier et son pilon qui lui dirent :

« Ami crabe, pourquoi te lamenter ainsi ? »

« Comment ne me lamenterais-je pas, répondit le crabe. Le singe veut me sortir tout vif de ma carapace ! »

« N'aie pas peur, et cesse de gémir, reprirent le mortier et le pilon, nous te défendrons ! »

Et ils partirent avec le crabe, le marron, la guêpe et la bouse de vache. Crabe se sentit enfin rassuré et il rentra chez lui, tout joyeux, en compagnie de ses amis. Ils pénétrèrent dans la maison et chacun s'installa dans son coin : le crabe se glissa dans la cruche à eau, le marron dans les cendres du foyer, la guêpe se posa sur la fenêtre, la bouse resta sur le seuil et le mortier avec son pilon grimpèrent sur le toit. Et, silencieux, ils attendirent le singe.

Un instant après, le singe arriva avec toute une troupe de ses congénères. Il laissa ses compagnons à la porte et entra seul à l'intérieur. La salle était froide et il frissonna :

« Je m'en vais me chauffer un peu, grommela-t-il et il remua les cendres du foyer. Mais, malheur ! À peine avait-il touché aux cendres que le marron en jaillit et le brûla.

« Oh, là, là ! » cria le singe.

Il se précipita vers la cruche pour rafraîchir l'endroit brûlé. Mais le crabe l'y attendait qui lui pinça cruellement le doigt.

« Oh, là, là ! » cria le singe.

Et il se précipita vers la fenêtre pour voir qui l'avait pincé.

Mais la guêpe l'y attendait qui lui piqua le bout du nez.

« Oh, là, là ! » cria le singe.

Et il se précipita vers la porte pour sortir bien vite. Mais la bouse l'y attendait. Le singe glissa et s'étala de tout son long.

« Oh, là, là ! » cria le singe.

Et il voulut se redresser pour s'éloigner au plus tôt. Mais le mortier avec son pilon l'attendait sur le toit, et ils se laissèrent rouler et tombèrent sur lui. Ils lui firent deux magnifiques bosses qu'il n'oublia de sa vie. En hurlant, il se précipita vers la colline suivi de tous les autres singes.

Depuis ce jour, le crabe vécut dans sa maison une existence paisible en compagnie de ses amis. Et il se fit cuire lui-même sa bouillie de riz.

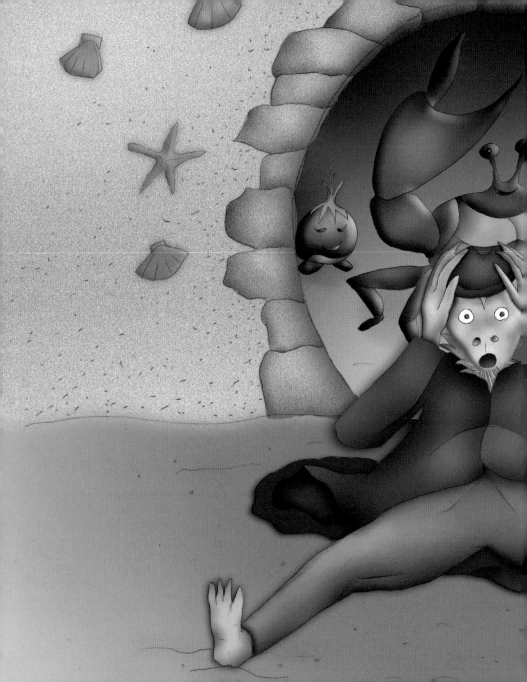

Le Chat, la belette et le petit lapin

conte illustré par Bruno David

Dame Belette, un beau matin, étant allée en promenade, trouva vide le terrier tout chaud d'un jeune lapin. Sans barguigner elle l'occupa, attendant ce qui allait suivre. Cependant, l'hôte de ces lieux sans souci prenait son repas dans un beau champ de choux, courait de-ci, de-là, humant l'air frais et broutant à sa guise jusqu'à ce qu'il fut temps de rentrer au logis.

Mais que vit-il alors ? Dame Belette avait mis le nez à la fenêtre ! Le lapin n'en crut pas ses yeux :

« Qu'est-ce donc ? » dit-il en s'approchant.

« Par mes oreilles, ma commère, ne vous êtes-vous pas méprise ? Vous êtes en ma maison et non pas dans la vôtre ! »

« J'y suis, j'y reste, répliqua la belette. Tu prétends que cette maison n'est pas mienne, mais tienne : il reste à le prouver. Je serais bien étonnée que tu puisses le faire ! »

Le lapin commençait à trouver la plaisanterie mauvaise :

« Ne me mettez pas en colère et évacuez ma demeure. Sinon, j'enverrai ici toutes les souris du canton et vous pourriez vous en trouver fort mal ! »

« Et pourquoi donc ? reprit la belette. Je me suis installée ce matin dans un logis vide, c'est donc le mien et non le tien comme tu le prétends. Tant que tu ne me fourniras pas un papier en bonne et due forme attestant que cette maison t'appartient, je maintiens qu'elle est mienne et je ne bougerai point ! »

« Le bon droit est de mon côté, ma commère, déclara le lapin

qui prenait de l'humeur, car la loi dit que toute maison appartient à qui l'occupa le premier. Ici vécut mon grand-père, puis mon père et maintenant, selon la loi, j'y vis, moi ! »

« Suffit, interrompit la belette. Je vois que nous ne pouvons nous entendre. Mieux vaut faire appel à un arbitre. Il décidera qui, de nous deux, est dans son bon droit ! »

« Je veux bien, accepta le lapin. Connais-tu quelque arbitre de bonne foi ? »

« Raminagrobis, le chat, a une excellente réputation, l'instruisit la belette. Sans doute en as-tu entendu parler ? »

« Jamais, répondit le lapin. Est-il juge en ces parages ? »

« Raminagrobis, le chat, est un sage ermite. On accourt de tous lieux vers lui et il règle au mieux tous les différends. »

Le lapin écouta ces paroles sans rien manifester et la belette reprit :

« Nous ne saurions trouver meilleur tribunal. Il se plaît à trancher les affaires les plus délicates. »

« Hé bien, dit le lapin, inutile d'attendre ! Allons vite le trouver. »

Ils s'en furent ensemble à la demeure du chat et se tinrent respectueusement sur le seuil.

« Approchez, approchez, mes amis ! Quel bon vent vous amène dans ma modeste maison ? » s'écria d'un ton joyeux Raminagrobis, le chat, sortant ses griffes sans se faire voir.

« Nous désirerions votre arbitrage », piailla la belette.

« Nous sollicitons votre aide », murmura le lapin.

« En quoi puis-je vous être utile ? demanda le chat. Je suis vieux et j'ai l'oreille un peu dure. Venez plus près que je puisse bien entendre. »

« Nous sommes venus soumettre à votre Seigneurie un cas litigieux, dirent-ils tous deux parlant en même temps, pour lequel nous ne pouvons nous mettre d'accord. »

« Je comprends bien, répondit le chat, se léchant en cachette les babines, et je vous mettrai bien d'accord plus vite que vous ne l'espériez ! »

Et comme la belette et le lapin s'étaient fort rapprochés et se trouvaient à portée de ses griffes, il n'eut aucun mal à les départager.

Il se jeta sur eux, sans mot dire, et il ne fut plus question d'arbitrage !

Le Chacal puni de son ingratitude

conte illustré par Pascale Breysse

Un chacal, voyant de l'autre côté de la rivière s'ébattre une troupe de poules, prit envie d'en goûter. Mais comme il avait peur de l'eau, il chercha un moyen d'arriver jusqu'à elles. Il se rappela tout à coup un chameau qu'il avait vu paître dans la prairie voisine. Il alla le trouver et lui dit :

Dis-moi, frère chameau, aimerais-tu tâter un peu d'un beau champ de froment ? »

Le chameau abandonna la maigre herbe sèche qu'il était en train de brouter et répondit :

« Bien sûr ! Mais où le trouver ? »

« J'ai, reprit le chacal, de l'autre côté de la rivière, un champ de froment magnifique. Si tu me fais traverser l'eau, tu pourras en manger tout ton soûl. »

Le chameau en effet, aperçut, au-delà de la rivière, les vagues

dorées du froment et dit au chacal :

« Hé bien, grimpe sur mon dos. Nous allons sur l'autre rive. »

Donc chameau et chacal, l'un portant l'autre, passèrent l'eau et le chameau se mit aussitôt à son festin de froment. Le chacal, cependant, avait attrapé la plus grasse des poules et s'était régalé comme cela ne lui était pas arrivé depuis longtemps. Le ventre plein, lui vint l'envie de s'amuser un peu. Voyant le chameau toujours fort occupé dans son froment, il galopa vers le village. Il criait :

« Bonnes gens, bonnes gens, le chameau est en train de dévorer votre froment ! »

Les villageois se rassemblèrent, empoignèrent leurs gourdins et se précipitèrent vers le champ. Le malheureux chameau reçut la plus mémorable raclée de son existence. À peine s'il eut la force de s'enfuir vers la rivière. Le chacal l'attendait sur la rive. Il sauta sur le dos du chameau auquel il enjoignit de lui faire retraverser l'eau. Mais le chameau gémit :

« J'ai à peine la force de nager… comment encore supporter ton poids ! »

« Que t'est-il donc arrivé ? » demanda le chacal en riant.

« Les gens me sont tombés dessus, se lamenta le chameau, et m'ont battu cruellement ! »

Le chacal, riant encore plus fort, demanda :

« Tu as bien mal ? »

« Affreusement ! se plaignit le chameau. J'ai bien cru y laisser la vie ! »

Le chacal riait à se tenir les côtes :

« Et si je te disais que c'est moi qui ai alerté les paysans ? »

« Pourquoi ? s'écria le chameau stupéfait. C'est ainsi que tu m'as remercié de t'avoir fait traverser la rivière ? »

Le chacal dit :

« Que veux-tu : je suis comme ça ! C'est ma nature ! »

Il se plongea entièrement dans l'eau et le courant emmena le chacal Dieu sait où ? Et il ne tenta plus jamais de jouer de mauvais tours au chameau !

Le Renard et le lapin
qui allaient ensemble à la pêche

conte illustré par Julie Wendling

L e renard et le lapin étaient grands amis. C'était il y a longtemps, bien longtemps, et le lapin avait encore de toutes petites oreilles et une longue queue poilue. Un jour, le lapin dit au renard :

« J'irais bien, renard, à la pêche ! »

« À la pêche ! Quelle bonne idée ! Une truite à la broche ferait bien mon affaire ! »

« Mais, reprit le lapin, c'est que je n'ai pas de ligne ! »

« La belle affaire, reprit le renard. Tu n'as qu'à pêcher avec ta queue ! Tu l'as longue et bien fournie en poils, les poissons y mordront à coup sûr. Tu sortiras ta queue et voilà nos poissons hors de l'eau ! »

« Ce n'est pas mal, opina le lapin. Mais pourquoi n'essayerais-tu pas avec ta queue ? »

« Je le voudrais bien, mais je n'ai pas la queue aussi longue et aussi poilue que toi. La tienne convient beaucoup mieux ! »

Le lapin, tout content d'entendre le renard faire des compliments de sa queue, s'en fut avec lui à la rivière. Arrivé là, il plongea sa queue dans l'eau pour que les poissons y mordent. Le renard, lui,

regardait ce qui se passait sous la surface et attendait la suite.

Tout à coup, le lapin cria :

« Renard, renard, regarde donc ce qu'il y a au bout de ma queue ! Ce doit être la reine des carpes ! Elle va me précipiter dans l'eau ! »

Le renard éclata de rire.

« Oh, là, là ! Lapin ça va mal.
C'est la vieille tortue.

Pour sûr, qu'elle va te faire tomber et te noyer ! »

Et c'était vrai ! La vieille tortue était cramponnée à la queue du lapin et elle tirait, tirait pour le précipiter à l'eau.

« Au secours, renard, gémissait le lapin. Retiens-moi, retiens-moi, je me noie ! »

Le renard attrapa le lapin par les oreilles et tira, tira, tira si bien qu'il les étira et depuis le lapin a deux longues oreilles. À la fin, le renard tira si fort qu'il réussit à arracher le lapin à la tortue, mais un grand bout de la queue du malheureux animal était resté dans la bouche de son agresseur. Et, depuis, le lapin n'a plus qu'un tout petit bout de queue !

Les Grenouilles et la mort

conte illustré par Anaïs Rotteleur

Quand la mort s'établit sur la terre, tous connurent
le trépas à l'instant que le sort leur fixait ; seules les
grenouilles furent épargnées. Elles vivaient à l'écart
des gens et des bêtes, dans d'immenses et lointains marécages. Elles naissaient, grandissaient, connaissaient une
heureuse vieillesse mais ne mouraient point. Arriva le temps où
elles furent, à elles seules, plus nombreuses que tous les autres
êtres vivants réunis.

Cependant que les grenouilles prospéraient ainsi,
leurs voisines, les cigognes connaissaient un triste sort. Elles
vivaient dans la steppe et avaient beaucoup d'ennemis.
Mais le plus cruel était un chasseur qui les pourchassait
sans cesse de ses flèches inexorables, il les extermina

presque toutes. Si bien que ne restèrent en vie que trois cigognes, trois sœurs. Elles se rendirent compte quel funeste destin les attendait et décidèrent de changer le lieu de leur demeure.

« Mais il nous faut d'abord chercher un endroit favorable », dit l'aînée.

Elle partit explorer la région pour trouver une nouvelle demeure. Elle arriva, après un long vol, aux marécages où vivaient les grenouilles. Elle les salua fort poliment et les grenouilles l'accueillirent chaleureusement :

« D'où viens-tu, sœur vagabonde ? »

La cigogne leur conta les malheurs de sa nation :

« Je cherche une nouvelle demeure pour moi et les miennes, conclut-elle. Si nous ne quittons pas les lieux de notre naissance, c'est la mort qui nous attend ; le chasseur sans merci nous extermi-nera toutes ! »

Ce récit plongea les grenouilles dans l'étonnement :

« Qu'est-ce donc que la mort ? Nous ne savons pas ce que c'est ! Ici, dans nos marécages, personne ne meurt. Sans doute que

le chasseur peut vous tuer parce que vous vivez à découvert dans la steppe. Ici, point de chasseur et point de mort ! »

« Hé bien, nous allons venir habiter avec vous », répondit la cigogne bien heureuse.

Elle retourna vers ses sœurs et toutes, sur-le-champ, s'envolèrent vers l'humide royaume des grenouilles.

Le chasseur ne put les suivre et les cigognes se trouvèrent fort bien dans leur nouvelle demeure. Mais les grenouilles se trouvèrent, elles, fort mal de cette cohabitation. Point de souris dans les marécages et les cigognes se rabattirent sur les grenouilles. Depuis cette époque, les cigognes attrapent les grenouilles et les dévorent, et les grenouilles ont ainsi appris ce que c'est que la mort.

Joli Merle au bec d'or

conte illustré par Éphémère

Un jour, dans les temps anciens, quand le merle avait encore un plumage blanc comme la neige, il surprit la pie en train de cacher dans le tronc d'un arbre un anneau d'or.

« Où l'as-tu trouvé ? s'enquit le merle. J'en voudrais un tout semblable ! »

« Il te faudrait, répondit la pie, descendre dans les profondeurs de la terre où demeure le roi des trésors secrets. Si tu veux, je t'en enseignerai le chemin. »

Elle conduisit le merle à une caverne cachée dans les montagnes :

« C'est ici. Quand tu pénétreras à l'intérieur, tu traverseras d'abord une salle de cuivre pur, puis une salle d'argent, puis tu arriveras à une salle remplie d'or fin. Mais ne t'y arrête pas et ne touche à rien. Enfin, tu arriveras à une quatrième salle où se tient le roi des trésors secrets sur son trône de diamant. Il te donnera tout ce que tu lui demanderas. Mais si tu touches à la moindre chose sans qu'il te l'ait permis, il t'arrivera malheur ! »

Le merle remercia grandement et, courageusement, entra dans la caverne. Tout était exactement comme la pie l'avait dit. La première

salle était pleine de magnifiques objets de cuivre rouge, la deuxième recélait d'immenses trésors d'argent pur et la troisième brillait de l'éclat de l'or le plus fin. Dans la première, le merle ne fit que regarder ; dans la deuxième, il s'arrêta un moment ; dans la troisième, il n'y put tenir et plongea son bec dans le sable d'or qui recouvrait le sol. Il espérait en ramener quelques grains dans son nid.

À peine avait-il piqué du bec dans le sable d'or qu'il entendit un grand bruit et que se dressa devant lui l'un des gardiens des trésors secrets. Des éclairs s'échappaient de ses yeux et de la fumée de sa bouche. Le pauvre merle eut bien du mal à éviter ses griffes et à sauver sa vie. Mais les traces de cette mésaventure lui restèrent pour toute sa vie. Les flammes et la fumée ternirent son beau plumage blanc comme neige qui devint noir, et l'est resté.

Et son bec est couleur d'or depuis le jour où il le plongea dans le sable d'or, quand il visita la caverne du roi des trésors secrets.

Le Rossignol

conte illustré par Céline Puthier

Il y a longtemps vivait en Chine un empereur puissant. Son palais était si somptueux que le monde entier le lui enviait. Il était situé au milieu d'un jardin aussi grand qu'une ville, où poussaient des fleurs d'eau délicates. Là, sous les arbres, des pêcheurs venaient s'allonger le soir au crépuscule et écoutaient le chant d'un rossignol.

« Que c'est beau ! » disaient-ils.

Des voyageurs venaient de pays fort lointains pour visiter la cité impériale. Ils louaient tous sa beauté, mais quand l'un d'eux s'aventurait dans la forêt voisine, il ne pouvait s'empêcher d'admirer le chant du rossignol.

Rentrés chez eux, ces voyageurs racontaient leur fabuleux voyage dans des livres qui parlaient tous d'un fabuleux rossignol dont le chant était plus beau que tout ce que les Terres du Milieu ont porté. On fit parvenir ces livres à la cour de Chine. Et c'est ainsi que l'empereur finit par apprendre qu'il possédait un rossignol qui charmait le monde.

Il fit alors venir son chancelier et lui confia :

« Il y a dans mon jardin un rossignol que le monde entier loue et dont je ne sais rien. Trouve-le. »

Le chancelier se démena, interrogeant chacun sur ce rossignol, mais en vain. Au crépuscule, épuisé, il retourna voir l'empereur.

« Je ne l'ai pas trouvé, Votre Majesté. Je doute d'ailleurs qu'il existe. Vous ne devriez pas croire ce que l'on écrit. »

Alors l'empereur se mit en colère.

« Ce livre m'a été envoyé par le puissant empereur du Japon, et l'on ne ment guère à la cour du Soleil Levant. Je veux entendre ce rossignol car il mérite toutes mes faveurs !

– Bien, Sire », répondit le chancelier intimidé.

De nouveau, il chercha le rossignol partout. Enfin, dans les cuisines du palais, il découvrit une jeune fille bien pauvre, qui lui dit gentiment :

« Je sais où se trouve ce rossignol. Je m'arrête souvent dans la forêt proche pour l'entendre et cela me remplit de joie. »

La fillette lui montra le chemin et tous les courtisans la suivirent. Dans la forêt, elle leur montra l'oiseau.

« Rossignol, l'empereur aimerait t'entendre ce soir. Voudrais-tu nous accompagner ? lui demanda-t-elle.

– Avec plaisir », répondit l'oiseau.

Ce fut une belle soirée. Toute la noblesse de Chine était réunie dans la salle du trône.

Le silence se fit quand le rossignol vint se poser sur le perchoir en or, près de l'empereur. Puis il chanta. Et ce fut un véritable délice. Personne ne parlait. Tous regardaient le rossignol et les larmes de l'empereur.

Car l'empereur était ému. Touché au plus profond de son cœur par la douce mélodie, il pleurait. Dès que l'oiseau se tut, il insista pour le décorer de la plus haute distinction. Mais le rossignol lui répondit :

« Non, Sire, j'ai vu vos larmes et c'est mon plus beau présent. »

Les jours suivants, l'oiseau chanta de nouveau. Et bientôt, la

ville tout entière fredonna l'air du rossignol.

Enfermé dans une cage d'or fin suspendue dans le jardin, il ne pouvait en sortir que trois fois par jour, la patte attachée à douze fils de soie, tenus par douze domestiques en livrée.

Plus les courtisans et le peuple parlaient avec admiration du rossignol et plus l'oiseau se sentait à l'étroit, loin de sa forêt.

Et bientôt, il s'ennuya.

Or, un matin, un paquet fut apporté par un messager. On l'ouvrit. Dans une boîte de bois précieux, un petit oiseau mécanique en argent, recouvert de rubis et de diamants était accompagné de ces mots : « L'oiseau de l'empereur du Soleil Levant est peu de chose à côté du rossignol de l'empereur de Chine. » L'on fit chanter l'automate. Ce fut l'étonnement général. Son chant était si pur ! Et plus on l'écouta, plus le chant du rossignol parut bien terne à côté. D'ailleurs, on chercha celui-ci, mais en vain. Voilà que par une fenêtre entrouverte, il s'était échappé.

Les jours suivants, l'oiseau d'argent chanta plus de trente fois devant une cour ébahie. Le maître de musique s'exclama :

« Sire, voyez la supériorité de cet oiseau. Son chant original nous apparaît naturel et ne nous lasse jamais. C'est cela qui le rend si exceptionnel. »

Le vrai rossignol fut ainsi oublié de tous. Mais les pêcheurs qui se souvenaient du rossignol répétaient :

« C'est beau, mais il manque un petit quelque chose à cet oiseau d'argent… »

L'oiseau d'argent reçut la récompense que le rossignol avait osé refuser. Durant un an, le chant de l'oiseau d'argent, posé sur la table de nuit, présida au réveil de l'empereur. Toute la population de la ville connaissait désormais sa mélodie.

Un matin, alors que l'oiseau mécanique venait d'être remonté pour le lever de l'empereur, un petit clic se fit entendre à l'intérieur, suivi d'un couac et d'un ploc. L'instant d'après, l'oiseau se tut.

Une heure plus tard, l'horloger du palais se présenta et ouvrit le mécanisme.

« Ses rouages sont usés, dit-il. Il est impossible de les remplacer car leur agencement est d'une finesse extraordinaire. Je peux bien sûr le réparer, mais il faudra désormais l'écouter moins souvent, si vous ne voulez pas que s'éteigne à jamais cette petite musique. »

L'oiseau ne chanta donc plus qu'une fois par an. Cinq années passèrent. L'état de santé de l'empereur s'aggrava et l'on craignit pour sa vie.

Dans sa grande chambre, l'empereur, pâle et glacé, attendait la mort. Le silence régnait, et tout le monde attendait le jour où l'oiseau d'argent chanterait.

Cependant, l'empereur n'était pas encore mort. Un soir, plus las encore que de coutume, il ouvrit les yeux et vit la Mort s'approcher de lui. Elle s'assit entre son oiseau d'argent et lui. Elle tenait dans ses mains un grand sabre d'or et un drapeau de conquête.

Tournoyant autour de lui, elle l'interrogea :

« Te souviens-tu, Empereur, de cette mauvaise action que tu as accomplie ?

– Non, je ne me souviens pas », répondit l'empereur.

Les serviteurs, croyant que l'empereur parlait tout seul, l'abandonnèrent tout à fait et les mauvais esprits le harcelèrent plus encore.

L'empereur à l'agonie appela l'oiseau mécanique.

« Chante pour moi. Ne m'abandonne pas. »

Mais l'oiseau d'argent ne répondit rien, et l'empereur resta dans la pénombre, à la merci de la Mort qui riait près de lui.

Soudain, une mélodie familière s'éleva. C'était le rossignol qui venait consoler l'empereur. Perché sur le chambranle de la fenêtre, il lançait des trilles joyeux. Son chant séduisit la Mort.

« Chante encore, lui dit la Mort, et je te donnerai mon sabre. »

Alors l'oiseau chanta.

La Mort mélancolique abandonna un à un ses joyaux. Et elle se dissipa comme un brouillard.

« Merci, mon petit rossignol. Merci d'être revenu sauver celui qui t'avait honteusement chassé. Accepte mes pauvres excuses. Comment te récompenser à présent ?

– Je n'ai besoin de rien, répondit le rossignol. J'ai vu, un jour, les larmes de mon empereur. J'ai vu combien ton cœur était bon. Les mauvais conseillers qui t'entourent t'ont mal guidé et je ne t'en veux pas. Dors maintenant. Reprends des forces.

— Mais désormais, resteras-tu auprès de moi ? interrogea le monarque.

— Je resterai jusqu'à ce que tu ailles mieux, mais ton palais n'est pas un lieu où construire mon nid. Le soir, je viendrai, je chanterai les bonheurs de la terre pour toi. Mais je te demande une chose…

— Laquelle ? interrogea l'empereur.

— Tu ne devras jamais révéler que tu as près de ton cœur un oiseau qui te raconte tout et te guide. »

L'empereur promit de garder le secret et s'endormit. Son sommeil fut long et réparateur. Quand l'aube parut, alors que le mauvais chancelier et l'ambitieux maître de musique venaient voir si l'empereur était enfin mort, ils le trouvèrent face à eux, impassible, un sourire aux lèvres.

L'empereur vécut ainsi de longues années encore, aimé de son peuple dont il connaissait les misères grâce au chant du rossignol.

Ses mauvais conseillers furent chassés.

Quant à l'oiseau d'argent, on raconte que la nuit, quand tout le monde dort, le rossignol vient le voir, remonte son mécanisme et se met à chanter avec lui.

L'Araignée qui trouva
des courges magiques

conte illustré par Estelle Chandelier

Le temps avait été si mauvais que la famine s'installa. Père araignée dut aller mendier sa nourriture. Il allait de village en village, gémissant :

« Bonnes gens, faites-moi la charité d'un peu de nourriture. J'ai à la maison une compagne et six enfants qui meurent de faim ! »

Les bons villageois avaient grand-pitié de cette malheureuse famille et le solliciteur rapportait à la maison, un jour, sept crêpes ; ou bien sept noix ; ou bien sept patates douces ; enfin de la nourriture en suffisance.

Mais père araignée se taillait toujours la part du lion.

« Comment partager ? demandait sa femme, en comptant ce qu'il avait rapporté. Avec toi, nous sommes huit et il n'y a que sept crêpes. »

« Ça ne fait rien, déclarait régulièrement père araignée, je n'en

veux pas. Je me contenterai d'une bouchée de vos portions. »

Mais quand la famille se mettait à table, sous le prétexte de goûter, le père engouffrait une bonne moitié de chacune des crêpes, de chacune des noix, de chacune des patates douces. Si bien que c'était lui qui mangeait le plus. Cette pratique l'engraissa si bien qu'il devint rond comme une boule. C'était une funeste erreur. Mendiant gras ne fait pas recette : comment croire qu'il est dans le besoin et que sa famille meurt de faim ! Père araignée se résigna à partir pour gagner sa subsistance.

Il prit donc la route mais n'alla pas bien loin. Avant le premier village, il vit une courge qui poussait là. Une courge si magnifique qu'il en eût le cœur réjoui.

« Que voilà une belle courge ! » cria-t-il.

« Oui, je suis très belle, proclama inopinément le légume ! Et si tu te doutais de ce que je sais faire ! »

« Montre-le ! » s'exclama père araignée stupéfait.

Et bien lui en prit car, à peine avait-il prononcé ces mots, que se dressa devant lui une table couverte des mets les plus délicieux.

« Quel agréable sortilège », se dit père araignée.

Il dévora le festin inattendu, prit la courge sous son bras et retourna chez lui.

Désormais, la mère araignée et les enfants ne souffrirent plus de la faim. Le père leur apportait chaque jour abondante nourriture. Mais d'où il la tenait, il ne voulait pas le dire ! Chaque matin, il quittait la hutte, emportant sa courge ; caché dans les buissons, il se commandait son repas et portait les restes aux siens. Cela durait depuis un certain temps quand le plus jeune de ses fils découvrit le pot aux roses. Celui-ci était encore plus rusé que son père. Remarquant qu'il se rendait chaque jour au même endroit, il se cacha dans les buissons voisins et l'observa tout à son aise. Il attendit le soir et quand son père s'en fut allé bavarder chez le voisin, il prit la courge, la posa devant lui et dit :

« Que voilà une belle courge ! »

« Oui, je suis très belle, répondit le légume. Et si tu te doutais de ce que je sais faire ! »

« Montre-le ! » s'écria le plus jeune des fils.

À l'instant même, se dressa une table couverte d'un merveilleux repas pour toute la famille. Ils y firent joyeusement honneur. Après le festin, ils voulurent remettre la courge à sa place pour que le père araignée ne s'aperçût de rien mais, dans leur hâte, ils la firent tomber et elle éclata.

Le père araignée s'en aperçut le lendemain quand il lui cria :

« Que voilà une belle courge ! »

La courge éclatée ne répondit pas.

« Que t'arrive-t-il ? s'exclama-t-il, tout surpris.

Il saisit la courge et se rendit compte de la catastrophe. Il voulait punir ses fils de leur méfait, mais sur l'instant, ne sut que faire. La faim se réinstalla dans la hutte et le père araignée dut reprendre la route. Mais, cette fois encore, il n'alla pas bien loin. Il venait tout juste de dépasser le premier village quand sur son chemin il vit une seconde courge.

« Que voilà une belle courge ! » s'écria-t-il joyeusement.

« Oui, je suis très belle, proclama inopinément le légume. Et si tu te doutais de ce que je sais faire ! »

« Montre-le ! » s'enquit le père araignée.

Et mal lui en prit ! À peine avait-il prononcé ces mots que sortit de la courge une cravache en crins tressés qui mena belle danse sur l'échine de père araignée. Il crut en trépasser sur place !

« Voilà un étrange sortilège ! » soupira-t-il quand la cravache eut fini son ouvrage.

Mais il prit quand même la courge et l'emporta chez lui, se disant :

« Je sais maintenant comment punir mes fils ! »

Et cette punition, ils l'eurent. Il avait tout juste, le soir, tourné les talons, que le fils le plus jeune prit la courge, la posa devant lui, disant :

« Que voilà une belle courge ! »

« Je suis très belle, répondit la courge. Et si tu te doutais de ce que je sais faire ! »

« Montre-le ! »

La courge ne se le fit pas dire deux fois : la cravache en crins tressés apparut et recommença sa danse, les battants tous à les faire

presque mourir ! Les enfants araignées et leur
mère s'éparpillèrent pour se protéger aux quatre
coins de la hutte et se glissèrent dans tous les
trous et toutes les fissures qu'ils purent trouver.

Ils y restèrent blottis, même quand courge
et cravache disparurent. Vous pouvez les y trouver,
ainsi que le père qui les y rejoignit : ils se cachent
toujours dans les recoins et les fissures.

Le Chacal qui avait volé
une brebis au soleil

conte illustré par Laura Guéry

Jadis, il y a bien longtemps, le soleil vivait dans un village avec toutes les bêtes. Il était berger.

Tous les matins, il menait son troupeau blanc de brebis et d'agneaux paître dans les prairies d'azur céleste et, tous les soirs, il le ramenait au village.

Les animaux aimaient le soleil parce qu'il dispensait sa douce chaleur et parce qu'il faisait tomber la pluie.

Quand la chaleur torride menaçait de tout dessécher, il trayait l'une de ses brebis blanches et on voyait pleuvoir. Et toutes les bêtes respectaient les moutons blancs du soleil.

Ni le lion, ni le léopard, ni la panthère, ni le jaguar n'avaient jamais porté la dent sur ces animaux sacrés, même s'ils étaient affamés et s'ils n'avaient rien pu chasser dans la steppe ou la forêt.

Ils ne voulaient pas s'attirer le ressentiment du soleil.

Le chacal savait bien tout cela. Mais il est ainsi fait qu'il ne désire rien plus que ce qu'il ne peut avoir. Quoi qu'il fît, il ne pensait qu'à une chose : comment s'emparer d'un des moutons blancs du soleil, et de telle sorte que personne ne pût le soupçonner.

L'occasion s'en présenta un jour. Une des brebis s'éloigna du troupeau et resta seule dans la steppe. Le chacal l'aperçut, la rejoignit, l'étrangla et le traîna sous le couvert pour s'en repaître.

Dès qu'il eut fini son sacrilège repas, il fut pris d'une soif inextinguible. Il courut jusqu'au puits :

« Puits, donne-moi un peu d'eau, j'ai effroyablement soif ! »

Le puits dit :

« Bois, chacal, je suis là pour cela. »

Mais quand le chacal se pencha sur le puits, l'eau disparut et il ne resta plus au fond qu'un peu de boue.

Le chacal s'effraya, la soif le tourmentait toujours davantage et il courut à la rivière :

« Rivière, donne-moi un peu d'eau, j'ai effroyablement soif ! »

« Bois, chacal, je suis là pour cela. »

Mais quand le chacal se pencha sur la rivière, l'eau disparut et il ne resta plus au fond que du gravier.

Le chacal s'effraya ; la soif le tourmentait tellement qu'il pouvait à peine se tenir sur ses pattes. Il courut vers le lac :

« Lac, donne-moi un peu d'eau ; j'ai effroyablement soif ! »

Le Lac dit :

« Bois, chacal, je suis là pour cela. »

Mais le chacal, cette fois encore, ne put étancher sa soif. Dès qu'il s'inclina au-dessus du lac, l'eau disparut et il ne resta au fond que des pierres.

Le chacal, presque mort de soif, ne pouvait plus bouger.

Il tomba de tout son long sur le sol et fit entendre une affreuse lamentation :

« Soleil, aie pitié de moi ! Adoucis ton ardeur et ne me laisse pas mourir de soif ! Je te rendrai ta blanche brebis. »

Et le chacal restitua au soleil sa blanche brebis, il en recracha tous les morceaux jusqu'à ce qu'elle se tînt devant lui bien vivante. Gambadant joyeusement, elle rejoignit le troupeau qui paissait dans les cieux.

Le soleil eut pitié du chacal. Il fit revenir l'eau dans le puits, il fit revenir l'eau dans la rivière et dans le lac. Mais plus jamais, il ne retourna au village à la nuit tombée, ramenant son troupeau.

Il est resté dans le ciel pour toujours et il y garde son blanc troupeau de moutons et d'agneaux que nous nommons nuages.

Et le chacal a peur de la lumière du soleil et attend qu'il soit couché pour s'en aller chasser.

Le Chacal et la perdrix

conte illustré par Pascale Breysse

L e chacal, allant à la chasse, attrapa une perdrix. Mais quand il voulut s'en repaître, elle se mit à le supplier :

« Ne m'ôte pas la vie, chacal, et j'exaucerai tous tes souhaits ! »

Le chacal se laissa fléchir, disant :

« Qu'il en soit ainsi, je te laisse aller ! Mais il te faudra me faire manger, me faire rire et me faire pleurer. »

« Entendu, dit la perdrix, rien de plus facile ! Suis-moi, je m'en vais tout d'abord te faire manger. »

Et la perdrix conduisit le chacal jusqu'aux abords de la route et le fit cacher dans les buissons. Un instant après, apparut une villageoise qui portait une marmite sur la tête. C'était le déjeuner pour son mari qui travaillait aux champs : une marmitée pleine de millet à la viande. La perdrix vola au-dessus de la route, fit quelques petits sauts et se posa comme si elle avait eu une aile brisée. La paysanne voulut l'attraper, mais à la dernière minute, la perdrix s'envola un peu plus loin. La paysanne déposa son fardeau pour courir après la perdrix. La perdrix, de nouveau, s'envola et ainsi, l'une poursuivant l'autre, la perdrix et la paysanne s'éloignèrent sur la route. Cependant le chacal avait quitté sa cachette dans les buissons et vidé la marmite. Quand il fut rassasié, il cria :

« Je te remercie, perdrix, j'ai fait un véritable festin ! »

« Parfait », répondit la perdrix.

Elle déploya ses ailes et s'envola pour de bon, au nez de la paysanne déconfite qui n'avait pas attrapé l'oiseau et trouva sa marmite vide.

La perdrix et le chacal se retrouvèrent à l'orée du bois et l'oiseau dit :

« Maintenant, chacal, je vais te faire rire. Suis-moi ! »

Et elle le mena jusqu'à un champ où deux frères labouraient. Le premier menait la charrue, le deuxième, derrière lui, une bêche à la main, brisait les mottes. La perdrix fit se dissimuler le chacal dans

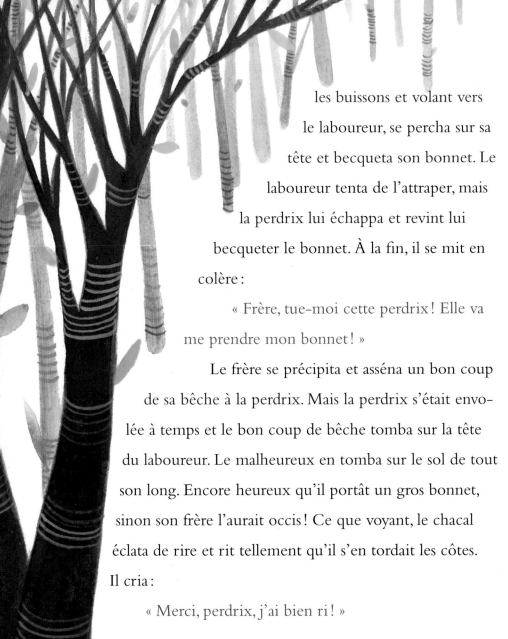

les buissons et volant vers le laboureur, se percha sur sa tête et becqueta son bonnet. Le laboureur tenta de l'attraper, mais la perdrix lui échappa et revint lui becqueter le bonnet. À la fin, il se mit en colère :

« Frère, tue-moi cette perdrix ! Elle va me prendre mon bonnet ! »

Le frère se précipita et asséna un bon coup de sa bêche à la perdrix. Mais la perdrix s'était envolée à temps et le bon coup de bêche tomba sur la tête du laboureur. Le malheureux en tomba sur le sol de tout son long. Encore heureux qu'il portât un gros bonnet, sinon son frère l'aurait occis ! Ce que voyant, le chacal éclata de rire et rit tellement qu'il s'en tordait les côtes. Il cria :

« Merci, perdrix, j'ai bien ri ! »

« Très bien ! » répondit la perdrix qui s'envola.

Le chacal et la perdrix se retrouvèrent à la lisière du bois pour la troisième fois. L'oiseau déclara :

« Et maintenant, chacal, je m'en vais te faire pleurer ! »

Elle mena le chacal jusque sous un gros arbre, se percha sur un rameau et dit :

« Regarde, chacal, ne vois-tu pas ce beau morceau de cerf ?
Ne veux-tu pas y goûter ? »

Et c'était vrai : sous l'arbre, on avait laissé un gros morceau de
viande. Le chacal ne se fit pas répéter l'invite et y porta la patte. Mais
la venaison cachait un piège. Et le piège se referma sur la queue du

chacal qui se mit à gémir et hurla toute la nuit. La perdrix feignit d'être étonnée :

« Pourquoi tous ces gémissements, chacal ? Tu voulais pleurer ! Hé bien, pleure tout ton soûl, et ensuite tais-toi ! Tu as vu tous tes vœux exaucés. Cela n'est pas donné à tout le monde ! »

Ces discours n'étaient pas du goût du chacal.

Pris de rage, il tira sur sa queue avec une telle violence qu'il l'arracha de la mâchoire du piège. Puis il s'enfuit.

Depuis ce jour, il ne demanda plus jamais à personne de le faire pleurer.

Pourquoi le Cochon
a le groin raccourci

conte illustré par Jérôme Brasseur

Un jour, l'écrevisse enleva l'épouse du lion et se cacha avec elle dans son trou, au fond de la rivière. Le lion était furieux. Il appela tous les animaux des bois et des fourrés et leur dit :

« L'écrevisse m'a enlevé ma femme. Qui d'entre vous veut me venir en aide et me la ramener ? »

« Moi, proposa l'éléphant, j'ai des défenses acérées. Je ravagerai de mes défenses le repaire de l'écrevisse ! »

Mais le lion n'accepta pas. Il avait peur que l'éléphant ne blessât sa femme.

« Alors ce sera moi, s'écria le buffle. J'ai des sabots pesants. J'en piétinerai le repaire de l'écrevisse ! »

Mais cela non plus ne plaisait pas au lion.

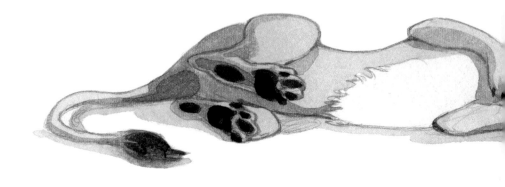

« Hé bien, ce sera moi », déclara le cochon.

Il avait alors un très long museau, plus long encore que la trompe de l'éléphant.

« J'explorerai de mon long museau le repaire de l'écrevisse. »

Cela convenait au lion. Il envoya le cochon au repaire de l'écrevisse et le fit accompagner de l'éléphant et du buffle pour lui prêter assistance.

Les trois compagnons arrivèrent au repaire dans la rivière et le cochon dit :

« Je vais plonger mon museau dans le repaire de l'écrevisse. Vous, poussez-moi de toutes vos forces pour que j'aille au plus profond. »

Le cochon plongea donc son long museau dans le repaire de l'écrevisse tandis que l'éléphant et le buffle le poussaient de toutes leurs forces.

Cependant, sous les ondes, l'écrevisse et la lionne tenaient conseil pour savoir ce qu'elles mangeraient à dîner. La lionne désirait du rôti.

« Te voilà servie ! » s'écria l'écrevisse.

Juste à ce moment en effet, apparaissait, dans le trou, le long museau du cochon. Le maître des lieux, d'un coup de ses pinces, en sectionna un bon morceau, juste la ration pour une lionne.

Le cochon, arc-bouté sur la rive, hurla de douleur, mais

l'éléphant et le buffle, croyant

à un cri de triomphe, le

poussèrent de plus belle.

Le long museau du

malheureux plongea

encore plus profond et l'écrevisse

en tailla encore un morceau, cette

fois pour son propre dîner.

Mais alors, le cochon poussa des

cris si épouvantables que l'éléphant et

le buffle prirent peur et cessèrent de

pousser. Le cochon put dégager son mu-

seau des pinces de l'écrevisse. Mais

ce museau était tout rouge et court,

affreusement court. C'était devenu le

groin qu'on lui voit aujourd'hui.

Quand l'éléphant et le buffle

virent cette horrible chose, leur terreur

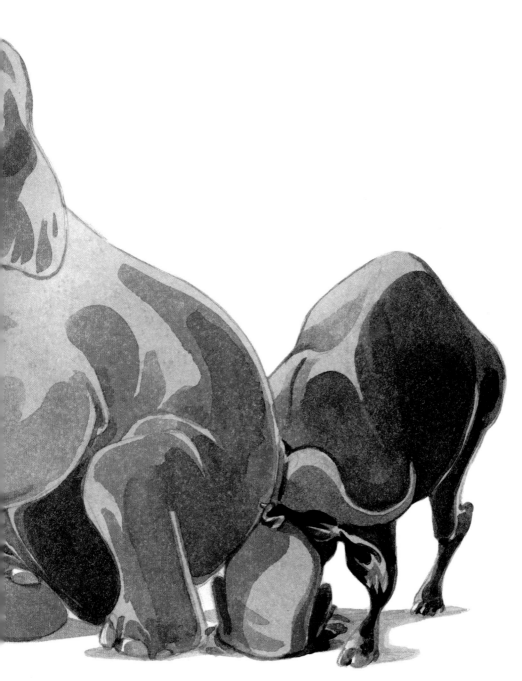

redoubla et ils s'enfuirent. Ils n'essayèrent plus jamais de venir en aide au cochon dans ses entreprises.

Et le cochon cessa de faire cause commune avec les bêtes de la forêt. Avec son groin, tout court et tout rouge, il se trouve mieux à vivre parmi les hommes.

La Huppe et le coucou

conte illustré par Laurence Schluth

Jadis, il y a très, très longtemps, le coucou portait sur la tête un magnifique panache. Tous ses amis et connaissances avaient pris l'habitude de lui emprunter ce splendide ornement quand

ils devaient se rendre à une fête ou à une assemblée et le coucou leur
prêtait volontiers.

Un jour, la charmante petite huppe devait aller à un mariage.
Elle était demoiselle d'honneur de son amie l'alouette. Elle revêtit
son plus élégant plumage, frotta son long bec jusqu'à ce qu'il étince-
lât, mais ne trouva rien qui pût convenir pour s'en coiffer. Elle pensa

alors au coucou et l'alla trouver pour qu'il lui prêtât son panache :

« Bien volontiers, lui dit le coucou, mais tu me le rapporteras demain matin. »

« Tu peux y compter », promit la huppe.

Elle coiffa le panache et s'en fut à la fête. Tous les invités au mariage furent confondus d'étonnement :

« Tu as une bien belle couronne, charmante huppe ! Qui donc te l'a prêtée ? »

« Prêtée ! Que non pas ! C'est, se vanta la huppe, le roi Salomon qui m'en a fait présent pour me remercier de l'avoir adroitement conseillé. »

« Tu es conseiller du roi Salomon ! »

Les oiseaux étaient au comble de l'étonnement mais croyaient ce que disait la huppe et en furent tellement impressionnés qu'ils faillirent en faire leur reine à l'issue de la fête.

Le lendemain, finie la fête, finie la gloire ! Il fallait rendre au coucou le prestigieux panache ! À dire vrai, la huppe n'en avait nulle envie.

« Ce panache me sied bien mieux qu'à ce pauvre coucou ! Et que diraient les oiseaux s'ils m'en voyaient dépourvue ! Et que dirait le roi Salomon ! »

Et elle ne rendit point le panache ! Le coucou patienta un jour, puis deux. Le jour d'après, il se rendit chez la huppe :

« Je voudrais que tu me rendes mon panache ! »

« Quel panache ? » répliqua la huppe.

« Celui que tu as sur la tête ! »

« Tu n'y songes pas ! s'écria la huppe. C'est un cadeau du roi Salomon. Tous nos voisins te le diront. »

Le coucou alla trouver les voisins mais ceux-ci ne savaient de l'affaire que ce que leur en avait dit la huppe et ils répétèrent ses paroles, même devant le tribunal : la huppe avait reçu son panache des mains du roi Salomon en récompense de ses sages conseils.

Le malheureux coucou ne put obtenir son droit. Il quitta le tribunal en se lamentant et se mit à chercher la huppe par les bois et les halliers :

« Coquine ! coquine ! » criait-il à tue-tête, volant d'un arbre à l'autre.

Il n'a cessé, depuis, de la chercher en criant ainsi. Et tout le monde croit qu'il dit : « Coucou, coucou. » mais, quand vous vous promenez dans les bois, écoutez bien attentivement et vous vous rendrez compte qu'il ne crie pas :

« Coucou, coucou », mais « Coquine, coquine ! »

Pourquoi donc sans cela, la huppe, à son approche, se cacherait-elle toujours dans les arbres creux ?

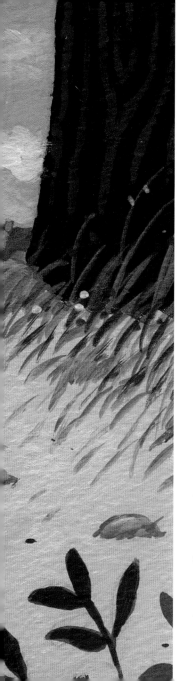

Le Hérisson et le renard aux soixante-dix-sept raisons

conte illustré par Sébastien Chebret

Le renard, un beau jour, rencontra le hérisson et ils se mirent à bavarder. Ce renard était un vantard et il demanda tout à coup au hérisson :

« Dis-moi, es-tu doué de raison ? »

« Oui, répondit le hérisson, comme tout le monde ! »

« Ah ! et combien as-tu de raisons ? »

« Mais… une, répondit le hérisson un peu surpris, et toi ? »

« Soixante-dix-sept! C'est pourquoi on me tient, partout en si grande estime. »

Le hérisson ne répondit rien mais pensa en lui-même qu'il lui fallait trouver le moyen de rabattre un peu la superbe de ce fieffé vantard. Il réfléchit un instant et dit :

« Soixante-dix-sept raisons! J'ai peine à te croire! Me le jurerais-tu dans un lieu saint? »

Le renard qui n'en démordait pas, répondit :

« Je t'en ferai serment où bon te semblera. »

Et le hérisson le mena quelque part où un chasseur avait préparé un piège aux dents de fer :

« Voici le lieu consacré, tu n'as plus qu'à prêter serment. »

Le renard mit la patte sur le morceau de fer, la mâchoire se referma et voilà le renard pris au piège. Il se mit à supplier :

« Malheur, hérisson, viens-moi en aide! »

De l'aider, le hérisson n'avait cure :

« Je voudrais bien, ami renard, mais comment le pourrais-je, moi qui n'ai qu'une pauvre petite raison, comme tu le sais. Et toi,

qui en as soixante-dix-sept, tu trouveras mieux que moi le moyen de te tirer de ce mauvais pas. »

Le renard de gémir de plus belle :

« Je me rends bien compte, ami hérisson, que ton histoire de lieu consacré c'était pour me punir de mes vantardises. Si tu ne peux pas m'aider, au moins donne-moi un conseil. »

Le hérisson y consentit :

« Quand tu verras arriver le chasseur, fais le mort. Ne bouge ni pied, ni patte, même s'il te donne des coups de bâton. Il ouvrira le piège et te déposera sur le sol. À toi, alors, d'en profiter pour te sauver. »

Le renard suivit les conseils du hérisson. Quand il entendit, dans la forêt, les pas du chasseur qui s'approchait, il fit le mort. Il ferma les yeux, allongea les pattes et resta inerte même quand le chasseur le frappa de son bâton. Voyant cela, le chasseur ouvrit le piège et déposa le renard sur le sol. Sans plus attendre, celui-ci sauta sur ses pattes et le voilà loin ! Et plus jamais, plus jamais du tout, il ne prétendit avoir soixante-dix-sept raisons.

Le Cheval qui voulait se venger du cerf

conte illustré par Sandrine Morgan

Jadis, le cheval allait par bois et guérets, aussi libre que le lion, le loup ou le cerf. Librement, il parcourait la prairie ; librement, il y paissait ; librement, il se désaltérait aux rivières ou aux sources.

Un beau jour, il se trouva à une fontaine, en même temps qu'un cerf. Le cerf n'avait pas plutôt plongé le museau dans l'onde cristalline que le cheval lui cria :

« Hors d'ici, vilain cerf. Tu bois à ma fontaine ! »

Mais le cerf ne s'en émut point :

« Cette fontaine n'est pas tienne, elle est à moi également et à tous ceux qui viennent y boire. Il y a de l'eau en suffisance. Tu t'abreuveras après moi ! »

Le cheval, fort courroucé, oublia sa soif et se jeta sur le cerf, les sabots en avant. Mais celui-ci ne l'avait pas attendu ! Le cheval essaya

en vain de le rattraper. Pris de rage, il résolut de tirer vengeance de ce cerf audacieux. Il alla trouver
un homme et lui dit :

« Seconde-moi ! Le cerf m'a offensé et je
veux lui donner une leçon ! »

L'homme réfléchit un instant, puis répondit :

« Qu'il en soit fait selon ton désir. Allons !
Mais il faut que tu me prennes sur ton dos jusqu'à
cette fontaine. »

Le cheval accepta et l'homme, sans attendre, lui passa une bride et lui sauta sur le dos, prenant avec lui son javelot. Le cheval le conduisit à la fontaine et bientôt ils aperçurent le cerf. Celui-ci, quand il vit l'homme sur le cheval, prit la fuite mais il était trop tard ! L'homme et le cheval se ruèrent à sa poursuite et ce que n'avaient pas accompli les jambes rapides du cheval, la puissante main de l'homme le réussit. Le cerf tomba, percé du javelot.

Le cheval, satisfait d'avoir assouvi sa vengeance, dit à l'homme :

« Merci de ton aide ! Mais maintenant, descends de sur mon dos. Tu es bien lourd et je voudrai paître et me désaltérer. »

Mais l'homme ne l'entendit pas de cette oreille :

« Quoi donc ! Toute peine mérite salaire. Je t'ai aidé à te débarrasser du cerf, maintenant tu me dois bon service. »

Il tira sur la bride, donna des talons dans le ventre de l'animal et se fit porter jusqu'à sa demeure.

Depuis ce jour, le cheval est devenu domestique dans la maison des hommes.

Sa vengeance lui a coûté cher : tandis que le cerf court, libre et heureux, il est tombé en servitude.

Le Chien et le moineau

conte illustré par Bruno David

Un chien de berger avait un maître qui le laissait mourir de faim. Ne pouvant demeurer chez lui plus longtemps, il s'enfuit. Sur la route, il rencontra un moineau qui lui dit :

– Frère chien, pourquoi es-tu si triste ?

Le chien répondit :

– J'ai faim et je n'ai rien à manger.

– Cher chien, viens avec moi à la ville, je te rassasierai.

Ils allèrent donc ensemble à la ville, et, quand ils passèrent devant l'étal d'un boucher, le moineau se mit à picoter, à tirer et à déchirer tant et si bien, qu'un morceau dégringola. Le chien le prit, l'emporta dans un coin et le dévora.

– Maintenant nous pouvons sortir un peu de la ville, fit alors le chien.

Voilà donc nos deux compères sur la grand-route. Mais il faisait chaud, aussi, quand ils eurent marché un moment, le chien dit :

– Je suis si fatigué que je voudrais dormir.

– Eh bien, dors, répondit le moineau, pendant ce temps-là je percherai sur une branche.

Le chien s'étendit alors au milieu de la route et s'endormit profondément. Tandis qu'il dormait arriva un voiturier, conduisant une voiture à trois chevaux chargée de deux tonneaux de vin.

—Voiturier, prends garde ! s'écria le moineau de peur qu'il n'écrase le chien, ou sinon je fais de toi un homme pauvre !

— Toi, faire de moi un homme pauvre ! grommela le voiturier, qui fit claquer le fouet et écrasa le chien.

— Tu as tué mon frère le chien ! s'écria le moineau. Il t'en coûtera tes chevaux et ta voiture.

— Mes chevaux et ma voiture ! répliqua le voiturier, c'est ce que nous verrons ; et il passa outre.

Le moineau se glissa alors sous la bâche, et picota si bien le robinet du tonneau, qu'il finit par s'ouvrir et que tout le vin coula. Quand le voiturier remarqua que la voiture était humide, il inspecta ses tonneaux, et vit que l'un était vide.

— Ah ! Pauvre homme que je suis ! s'écria-t-il.

— Pas encore assez pauvre ! répondit le moineau en volant sur la tête de l'un des chevaux à qui il arracha les yeux.

Quand le voiturier vit cela, il tira sa hache pour assommer le moineau, mais celui-ci s'envola et le voiturier assomma alors deux chevaux qui tombèrent morts.

– Ah ! Pauvre homme que je suis ! s'écria-t-il.

– Pas encore assez pauvre ! reprit le moineau qui se posa sur la tête du troisième cheval et lui arracha les yeux.

Dans sa colère, le voiturier chercha le moineau, mais ne l'atteignit pas et tua son troisième cheval.

– Ah ! Pauvre homme que je suis ! s'écria-t-il.

– Pas encore assez pauvre ! répondit le moineau. Maintenant c'est chez toi que je vais te rendre pauvre.

Et il s'envola.

Le voiturier, obligé d'abandonner sa voiture, rentra chez lui plein de colère et de dépit.

– Ah ! dit-il à sa femme, quel malheur m'est survenu ! Le vin a fui et les trois chevaux sont morts.

– Ah ! Mon homme, reprit la femme, quel maudit oiseau est arrivé ici ! Il a rassemblé les oiseaux du monde entier qui dévorent tout notre blé.

Il sortit alors dans son champ où des milliers d'oiseaux étaient en train de dévorer le blé, et le moineau était au milieu d'eux.

– Ah! Pauvre homme que je suis! s'écria le voiturier.

– Pas encore assez pauvre! répondit le moineau. Voiturier, il t'en coûtera de plus la vie.

Et il s'envola. Le voiturier, ayant perdu tout son bien, entra dans sa chambre et s'assit derrière le fourneau plein de fureur et de bile. Mais le moineau, posé au-dehors sur la fenêtre, lui criait :

– Voiturier, il t'en coûtera la vie!

Celui-ci saisit alors sa hache et la lança contre le moineau, mais il ne brisa que les vitres de la fenêtre, sans atteindre le moineau.

L'oiseau entra alors en sautillant à travers la fenêtre brisée, se posa sur le fourneau et cria :

– Voiturier, il t'en coûtera la vie!

Pris de fureur aveugle, le voiturier brisa le fourneau, puis, à mesure que le moineau volait d'un endroit à un autre, il brisa miroir, bancs, table, même les murs de la maison, mais sans atteindre le moineau.

Enfin, il l'attrapa à la main.

– Faut-il le tuer? lui demanda alors sa femme.

– Non ! s'écria-t-il, ce serait trop doux. Il faut qu'il meure plus cruellement que cela, je veux l'avaler.

Il le prit donc et l'avala d'un trait. Mais le moineau se mit à voltiger dans son estomac, en remontant jusque dans sa bouche,

d'où, sortant sa tête, il continua de crier :

— Voiturier, il t'en coûtera tout de même la vie !

Le voiturier tendit la hache à sa femme en lui disant :

— Tue cet oiseau qui est dans ma bouche.

La femme frappa, mais de travers, et atteignit la tête du voiturier, qui tomba mort.

Quant au moineau, il prit aussitôt sa volée et se sauva !

Le Loup qui voulait porter des bottes

conte illustré par Julie Wendling

Un jour, un paysan qui labourait son champ vit surgir un loup furieux qui se jeta sur lui dans l'intention de n'en faire qu'une bouchée.

« Épargne-moi, loup, cria le paysan, et je te rachèterai chèrement ma vie ! »

Le loup, depuis longtemps, dans son orgueil, désirait porter des bottes pour parader auprès des siens ; il dit :

« Entendu ! Demain, tu m'apporteras deux paires de bottes : une pour tous les jours, l'autre pour les jours de fête. Il ne convient pas que j'aille pieds nus. »

Le paysan promit de les lui apporter dès le matin du jour suivant.

Le lendemain matin, le paysan arriva conduisant une charrette recouverte d'une bâche. Le loup était déjà au rendez-vous :

« Où sont les bottes ? » cria-t-il d'une voix courroucée.

Et il ajouta, menaçant :

« Tu avais promis de les apporter et tu n'en as rien fait ! »

« Je ne les apporte point, c'est bien vrai, répondit le paysan. Mais je t'amène deux savetiers qui vont te prendre mesure. Regarde plutôt dans la charrette ! »

Le loup se précipita vers la charrette, souleva la bâche… et se trouva aux prises avec deux solides mâtins ! Quels savetiers, mes amis ! Et comme ils s'entendaient à prendre des mesures !

Le loup ne demanda pas son reste ! Il choisit la fuite et galopa

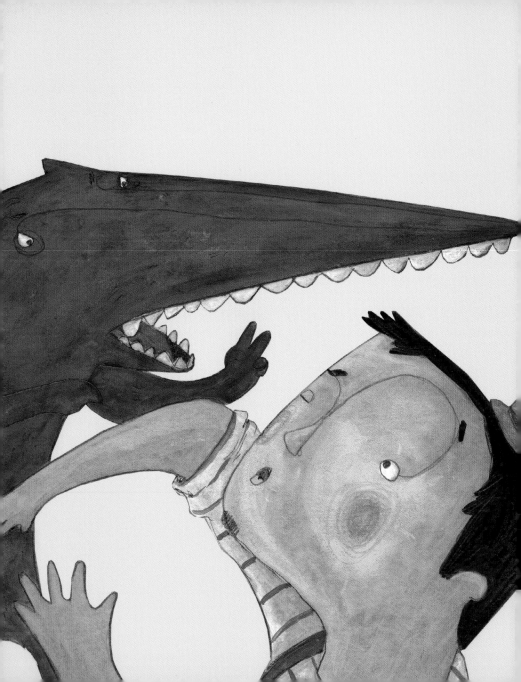

jusqu'à son repaire dans les bois. Mais il n'eut pas le temps de rentrer ses pattes dans le trou et les chiens, qui l'avaient suivi de près, s'y cramponnèrent. Le loup se mit à pousser des cris :

« Oh ! Mes pattes ! Oh ! Mes pauvres pattes. Prenez ma queue si vous voulez mais, mes pattes, ne me les mangez pas ! »

Mais les chiens ne se laissaient pas émouvoir et ils tiraient sur les pattes du loup pour l'extirper tout entier de son trou.

Le paysan riait de toute son âme :

« Les savetiers n'ont pas coutume de prendre les mesures de la queue ! »

Et les chiens ne lâchèrent pas le loup, ils le sortirent et le dévorèrent! Depuis ce jour, les loups ne se soucient plus de bottes, ils préfèrent aller nu-pieds.

Le Loup et le corbeau

conte illustré par Emmanuel Saint

L e loup et le corbeau vivaient depuis toujours en ennemis. Une fois, le corbeau trompait le loup ; la fois suivante, c'était le loup qui se jouait du corbeau. Et cette rivalité n'avait pas de fin.

Un jour, le corbeau s'amusait sur un toboggan qu'il s'était agencé à un endroit escarpé du rivage marin. Survint le loup qui observa le corbeau avec envie. À la fin, il n'y tint plus et demanda :

— Laisse-moi glisser un peu !

— Si tu veux, répondit le corbeau, mais j'ai bien peur qu'arrivé en bas, tu ne saches pas te retourner et que tu tombes dans l'eau.

Le loup se rengorgea :

— Oh ! la, la, petit frère, tu me connais mal ! Rappelle-toi que les loups sont l'adresse même. Et, de plus, j'ai des griffes solides et je peux freiner quand je veux.

– À ta guise, reprit le corbeau en riant. Glisse autant que le cœur t'en dit, je ne t'en empêche pas. Mais je n'ai pas envie de te sortir de l'eau.

– Pas question, se vanta le loup. Je n'ai besoin que personne ne me vienne en aide.

– Je t'en prie, dit le corbeau s'inclinant, la glissoire est à toi. Je vais te regarder.

Le loup grimpa en haut de la pente, s'assit sur sa queue et se laissa glisser. Et il arriva ce que le corbeau, de son cœur, souhaitait malicieusement. Avant que le loup eût le temps de penser à freiner et à se retourner, il tomba de tout son long dans l'eau. Quand il revint à la surface, il aspira l'air un bon coup et pria :

– Petit frère, au secours ! Tire-moi de là !

– Les loups sont l'adresse même, ricana le corbeau. Ne t'avais-je pas dit de ne pas te lancer sur le toboggan ?

Le loup tenta de s'accrocher sur la rive abrupte, mais il retombait toujours dans l'eau glacée.

– Petit frère, gémit-il, tu ne vas pas me laisser me noyer !

Aide-moi !

– D'abord, tu fais le fier, puis te voilà à geindre ! Si tu m'avais écouté, tu serais en sécurité ! insista le corbeau.

Le loup se sentait s'engourdir dans l'eau glaciale, ses forces faiblissaient et il se mit à pleurer :

– Petit frère, mon bon petit frère, je te donnerai tout ce que tu voudras, mais je t'en prie, tire-moi de là !

Le corbeau dressa l'oreille : Qu'est-ce que tu me donneras ?

– Je te donnerai des peaux d'écureuil.

Le corbeau ricana :

– Des peaux d'écureuil, j'en ai à revendre !

– Je te donnerai des peaux de lièvre.

– Des lièvres, j'en attrape autant que j'en veux.

– Je te donnerai mon attirail de chasse… mon arc, mes flèches, tout, proposa le loup.

– J'ai tout cela, refusa le corbeau.

Le loup était désespéré, il se demandait ce qui pourrait plaire au corbeau.

– Je te donnerai ma sœur pour femme, cria-t-il en pleurant.

– Tu me donnerais ta sœur pour femme ? demanda le corbeau adouci.

– Absolument ! Mais je t'en prie, aide-moi !

– Pourquoi ne l'as-tu pas dit tout de suite ! Tu serais depuis longtemps hors de l'eau, dit le corbeau avec grandeur d'âme.

Il tira le loup sur la berge. Celui-ci remercia humblement le corbeau. Mais, dans le fond de son âme, il le haïssait d'être resté si calme devant ses souffrances et de l'avoir si odieusement fait chanter. Attends, petit frère, se disait-il, j'aurai ma revanche ! Mais il avait l'air extrêmement reconnaissant.

– Demain matin, je reviendrai avec ma sœur.

Sur le chemin de retour, le loup se demandait comment il allait s'en tirer car il n'avait pas de sœur. Mais il se rappela qu'il avait dans sa tanière des dépouilles de beaucoup de bêtes. Il se mit au travail et, avec des peaux et des os, confectionna une fort jolie épouse. Sans tarder, il l'amena au corbeau.

Le corbeau l'examina de tous les côtés et s'en montra fort satisfait :

— Merci, petit frère, c'est une jeune créature charmante.

— Je suis ravi qu'elle te plaise, répondit le loup en souriant et il s'en alla.

Le corbeau avala son dîner, puis il se mit au lit avec sa femme. Mais, le matin, il eut une mauvaise surprise. La charmante épouse, pendant la nuit, s'était changée en un tas d'os et de peaux. Le corbeau s'avisa que ce traître de loup l'avait proprement joué, il gronda :

— Tu me le paieras. On ne se moque pas comme cela du corbeau !

Avant qu'il n'eût le temps d'ourdir quelque nouvelle ruse, le loup arriva à l'improviste et lui dit :

— Je sais, petit frère, que tu me prépares un tour de ta façon. Mais, dis-moi, à quoi riment ces incessantes que-

relles, toute cette rancune. Tu es malin et je ne suis pas des plus sots. Un jour, tu gagnes, et le lendemain, je te bats… À quoi cela nous avance-t-il ?

Le corbeau n'en croyait pas ses oreilles. Il regarda le loup comme s'il le voyait pour la première fois. Mais il semblait bien que le loup pensait ce qu'il disait.

– Alors… ? demanda le loup.

Le corbeau réfléchit encore un petit moment puis il dit :

– Tu sais, je crois que tu as raison.

À partir de ce jour, ils vécurent heureux comme deux voisins, pour le plus grand bien de tous les deux.

Le Jeune Garçon et le canard

conte illustré par Bruno David

Aujourd'hui, je vais vous narrer une histoire qui est arrivée lorsqu'Ooka prit ses fonctions de juge suprême à Edo. Pour se familiariser avec les affaires en cours, il se mit à étudier les registres. L'un des litiges, très récent, retint son attention.

Le coupable dans cette affaire était un jeune marchand de poisson nommé Yoshimatsu. La veille au soir, il rentrait chez lui en longeant le fossé qui entourait le château shogunal. Le fossé rempli d'eau accueillait des bandes de canards sauvages qui nichaient sur son bord. Le fait de chasser ne serait-ce qu'une canette en cette saison – c'était l'hiver – était passible de la peine de mort. Après avoir couru toute la journée à travers la ville, le garçon avait faim. La vision d'un rôti appétissant se mit à le hanter. Comme il faisait déjà noir, il se dit que personne n'allait le surprendre. Il ramassa une pierre et

la lança en direction d'un canard qui s'envolait des roseaux. La proie tomba au sol, tuée sur le coup. Yoshimatsu bondit pour la ramasser. Soudain, les gardes, surgis du néant, l'encerclèrent pour le conduire, enchaîné, devant le tribunal. Ils emportèrent le canard abattu.

Après avoir fini la lecture du procès-verbal, Ooka ordonna qu'on lui convoquât le juge dont le sceau figurait sur le document.

Un homme d'un certain âge se présenta. Des fils d'argent abondaient dans sa chevelure, et sa démarche avait perdu sa souplesse d'antan. Son visage fermé ne laissait transparaître aucune de ses pensées. Il portait la robe officielle propre à sa fonction de juge subordonné, le yoriki. Le tribunal de la Ville du Sud en comptait vingt-cinq. Les yoriki s'initiaient à leur tâche depuis leur prime jeunesse. On tolérait qu'ils s'installassent à une distance respectueuse du juge en fonction pour suivre le déroulement du procès. Leurs revenus peu élevés étaient compensés par un pouvoir considérable. À l'instar des autres chevaliers shogunaux, les yoriki portaient deux épées à leur ceinture, jouissant du privilège de châtier sur place quiconque avait la malchance de leur déplaire. Jusqu'à l'arrivée d'Ooka, la coutume

voulait que le sort des accusés reposât entièrement entre leurs mains.

Ooka montra au juge le document et demanda :

— Quel châtiment attend ce garçon ?

— La mort, fut la réponse laconique.

Le visage impassible, le yoriki s'apprêtait à partir, considérant la discussion close. Ooka lui fit signe de rester.

— Quel âge a-t-il ? demanda-t-il.

— Douze ans.

— Comment se fait-il qu'un enfant de cet âge vende du poisson ?

— Il a perdu son père à huit ans, répondit le yoriki de mauvaise grâce. Il vit avec sa mère et ses deux sœurs.

— Et sa mère ?

— Elle est malade, grabataire depuis plusieurs années.

— De sorte que ce garçon la nourrit, ainsi que ses deux sœurs ?

— Oui, Excellence, confirma le yoriki sur un ton qui trahissait sa surprise. Il se demandait pourquoi le magistrat faisait tant d'embarras pour une affaire aussi simple.

Ooka poursuivit son interrogatoire :

— Il doit être condamné à la peine de mort ?

— Oui, c'est ce que la loi exige, répondit le yoriki avec déta-
chement.

— Que les gardes m'amènent cet enfant, ordonna Ooka.

— Il en sera fait selon votre volonté, s'inclina le yoriki.

Un instant plus tard, le jeune accusé se tenait à genoux devant
le magistrat, dans le sable blanc qui tapissait la cour du tribunal.

— Est-ce vrai que tu as tué le canard ? demanda le juge.

— Oui.

— S'il en est ainsi, il faut que je voie ce canard de mes propres
yeux. Apportez-le moi ! ordonna Ooka aux employés du tribunal,
qui se tenaient à proximité pour le servir, le cas échéant.

Deux d'entre eux se levèrent d'un bond pour faire ce qu'il
leur demandait. En un instant, le canard était posé devant le juge.

— Est-ce bien celui-ci ? demanda-t-il, tout en soulevant le
volatile afin de permettre au garçon de l'examiner à loisir.

— Oui, c'est bien lui, acquiesça l'enfant.

— Es-tu sûr de ne pas te tromper ? Ce n'est pas un autre ?

– Non.

Ooka caressa le canard et dit :

– Mais il est encore chaud !

Le gamin le regarda, surpris, comme s'il n'en croyait pas ses oreilles.

–Vérifie toi-même, dit Ooka en lui tendant le canard. Prends-

le et va chercher quelqu'un qui t'aidera à le ranimer.

Yoshimatsu comprit ce que je juge voulait qu'il fît. Il s'empara de l'oiseau et courut à toutes jambes jusqu'au marché aux volailles qui se trouvait dans le quartier Anjin. Il y acheta un canard identique, mais vivant, qu'il porta au tribunal.

— Tu vois que tu as réussi ! Le canard est revenu à lui, sourit Ooka. Ainsi, l'affaire est close. Rentre chez ta mère et tes sœurs, vivez en paix.

Lorsque le garçon raconta ses aventures à sa mère, celle-ci, transportée de joie, se redressa sur sa couche, pour la première fois depuis fort longtemps. À compter de ce jour, sa santé alla en s'améliorant, jusqu'à ce qu'elle guérît complètement.

Le Loup, la chèvre et ses chevreaux

conte illustré par Anaïs Rotteleur

Il y avait une fois un bois ; dans ce bois, se dressait une chaumière et dans cette chaumière vivait une chèvre, et cette chèvre avait des petits chevreaux. La chèvre partit pour le pré et recommanda à ses chevreaux :

« Mes enfants, n'ouvrez la porte à personne. Le loup entrerait et vous dévorerait tous ! »

Le loup, caché sous la fenêtre, avait tout entendu. Dès que la chèvre se fut éloignée, il toqua à la porte :

« Chevreaux, chevreaux,
Mes beaux enfants,
Ouvrez bien vite, ouvrez la porte
Que je vous donne ce que j'apporte :
Dedans mon pis, du lait tout chaud,
Et sur mes cornes, l'herbe en monceau ! »

Mais les chevreaux n'ouvrirent pas, disant :

« Tu n'es pas notre maman ! Notre maman a une voix toute douce, douce comme le miel ; tu es le loup ! »

Le loup s'en fut chez le forgeron :

« Forgeron, forgeron, lime-moi la langue que j'aie une voix toute douce, douce comme le miel ! »

Le forgeron lima la langue au loup qui retourna frapper à la porte des chevreaux :

« Chevreaux, chevreaux,
Mes beaux enfants,
Ouvrez bien vite, ouvrez la porte
Que je vous donne ce que j'apporte :
Dedans mon pis, du lait tout chaud,
Et sur mes cornes, l'herbe en monceau ! »

Et les chevreaux de dire :

« C'est la voix de votre maman, sa voix douce comme le miel. »

Et ils voulurent ouvrir, mais le tout petit reprit :

« Montre-nous donc ta patte ! »

Le loup passa sa patte par la fenêtre et les chevreaux dirent tous ensemble :

« Tu n'es pas notre maman, tu es le loup ! Notre maman a les pattes toutes blanches, blanches comme la neige ! »

Ils n'ouvrirent pas. Et le loup s'en fut chez le boulanger :

« Boulanger, boulanger, donne-moi de la farine pour que j'ai les pattes blanches, blanches comme la neige ! »

Le boulanger farina la patte du loup qui alla toquer pour la troisième fois à la porte des chevreaux :

> « *Chevreaux, chevreaux,*
> *Mes beaux enfants,*
> *Ouvrez bien vite, ouvrez la porte*
> *Que je vous donne ce que j'apporte :*
> *Dedans mon pis, du lait tout chaud,*
> *Et sur mes cornes, l'herbe en monceau ! »*

Et il passa par la fenêtre sa patte blanche de farine.

« C'est la voix de notre maman, douce comme le miel, et sa patte, blanche comme la neige », dirent les chevreaux.

Et ils voulurent ouvrir, mais le tout petit reprit :

« Montre-nous donc ta queue ! »

Le loup passa par la fenêtre sa longue queue poilue et les chevreaux de s'écrier :

« Tu n'es pas notre maman, tu es le loup ! Notre maman a une jolie petite queue, juste un bout de queue ! »

Le loup s'en fut chez le charpentier :

« Charpentier, charpentier, coupe-moi la queue, que j'aie une jolie petite queue, juste un bout de queue ! »

Le charpentier coupa la queue au loup qui alla, pour la quatrième fois, toquer à la porte des chevreaux :

> « Chevreaux, chevreaux,
> Mes beaux enfants,
> Ouvrez bien vite, ouvrez la porte
> Que je vous donne ce que j'apporte :
> Dedans mon pis, du lait tout chaud,
> Et sur mes cornes, l'herbe en monceau ! »

Et il passa par la fenêtre sa patte blanchie et sa queue coupée.

« C'est la voix de notre maman, douce comme le miel ; sa patte blanche comme neige et son petit bout de queue ! » dirent les chevreaux.

Et ils ouvrirent la porte !

Le loup se précipita à l'intérieur de la chaumière et avala tous les chevreaux. Mais il n'avala pas le tout-petit qui s'était caché dans le fourneau. Et quand la mauvaise bête eut avalé tous les petits chevreaux, elle alla boire à la rivière et s'étendit sur l'herbe pour faire un somme.

Sur ce, la chèvre rentra au logis. Elle trouva la porte ouverte et tous ses petits disparus. Elle les chercha en gémissant :

« Chevreaux, chevreaux,
Où êtes-vous, mes beaux enfants ?
Voyez, voyez ce que j'apporte :
Dedans mon pis, du lait tout chaud,
Et sur mes cornes, l'herbe en monceau ! »

Alors, le tout-petit sortit de sa cachette et raconta à la chèvre ce qui s'était passé.

Quand la chèvre entendit cela, elle se précipita vers la rivière. Le loup dormait toujours. La chèvre, de ses cornes, lui ouvrit le ventre. Et du ventre sortirent tous les petits chevreaux. Et tout le monde fut bien content !

Car tout est bien qui finit bien !

La Tortue et le léopard

conte illustré par Estelle Chandelier

J adis, il y a bien longtemps, la tortue et le léopard étaient grands amis. En ce temps-là, le léopard ne mangeait pas de viande. Il se nourrissait, comme la tortue, d'herbe, de feuilles et de légumes, surtout de chou. Un beau jour, cependant, il déclara :

« Ce chou, je n'en veux plus. Je mangerais bien un peu de

viande. Allons donc à la chasse. »

La tortue aussi avait une petite envie de viande, aussi s'en alla-t-elle avec le léopard chercher quelque gibier. Ils parcoururent la forêt, tendirent quelques pièges et le soir ils avaient attrapé quelques antilopes. Ils en tuèrent une sur-le-champ qu'ils firent rôtir ; les autres, ils les tuèrent aussi et rangèrent la viande dans des paniers de lianes qu'ils avaient tressés. Ce travail les avait menés fort avant dans la nuit et ils décidèrent de dormir sur place et d'attendre le matin pour rapporter chez eux les paniers remplis de viande.

Le léopard, après son copieux dîner, s'endormit tout de suite mais la tortue avait beau faire, elle ne trouvait pas le sommeil. Elle pensait :

« Le léopard n'a pas besoin de toute cette viande. S'il désire manger de l'antilope, il n'a qu'à aller en chasser. Moi, je ne le puis : comment attraperais-je un animal si rapide. Je ferais mieux de prendre toute la viande pour moi. »

Elle se leva sans faire de bruit, mit toute la viande dans son panier et, dans celui du léopard, déposa des pierres. Elle le recouvrit

de feuilles pour dissimuler son larcin et alla tranquillement se coucher.

De bon matin, les deux amis se réveillèrent, prirent leurs paniers sur le dos et s'en furent chez eux. En arrivant à sa hutte, le léopard vit sa compagne qui faisait cuire du chou. Le léopard s'écria :

« Femme, jette-moi ce chou, je ne veux plus le voir. J'apporte quelque chose de bien meilleur : un beau morceau de viande. Regarde ! »

Et il vida son panier sur le sol. Mais de viande, point ! Le panier ne contenait que des pierres.

« C'est un tour de la tortue ! gronda le léopard. Je me vengerai ! »

Il se précipita à la recherche de la tortue pour assouvir sa vengeance. Celle-ci, comme bien on pense, ne l'avait pas attendu. Elle s'était cachée dans son trou et se régalait de sa viande d'antilope. Mais le léopard ne lui pardonna jamais sa traîtrise. Il déclara la guerre à toute la famille des tortues et chaque fois qu'il peut en attraper une, il la retourne sur le dos et la croque sans merci.

C'est ainsi que le léopard se mit à chasser et à manger de la viande. Quant à la tortue, elle continua à se nourrir d'herbe de feuilles et de légumes.

Le Lion et l'araignée

conte illustré par Laura Guéry

Un beau jour, l'araignée eut envie de poisson. Elle se tissa un filet bien solide, s'en fut à la rivière, pêcha toute la matinée et se trouva à la tête d'un panier plein de poissons.

« Quel régal je vais m'offrir, se dit-elle, en se pourléchant ! »

Elle alluma du feu directement sur la berge et se mit en devoir de griller son poisson.

Le délicieux arôme se répandit au loin et arriva aux narines du lion. Il accourut vers le feu et dit :

« Que fais-tu donc cuire, araignée ? »

L'araignée se vit en situation délicate et répondit doucement :

« J'ai pêché quelques poissons que je fais griller. Malheureuse-ment, il n'y en a pas assez pour deux ! »

« Ça ne fait rien ! dit le lion avec un bon sourire, je voudrais seulement y goûter pour voir comment tu les accommodes. »

Il ne restait plus à l'araignée qu'à prier le lion de goûter à son plat. Le lion trouva les poissons fort bien accommodés. Il en goûta un, en goûta deux, goûta tant et si bien, et si longtemps, qu'il les dévora tous. Il ne resta rien à l'araignée qui se contenta du parfum ! Elle en pleurait de rage et se promit bien de tirer du lion une ven-geance dont il se souviendrait, mais n'en fit rien paraître. Le lion s'aperçut qu'elle pleurait et demanda :

« Pourquoi pleures-tu ? »

L'araignée ne voulut pas dire pourquoi et répondit :

« Ce n'est rien ! C'est la fumée qui m'entre dans les yeux. »

Juste à ce moment vint à passer une pintade sauvage,

au plumage si bien moucheté que c'était une joie de la regarder. Quand elle avait vu l'araignée, elle avait eu l'intention de venir bavarder un peu avec elle. Mais ensuite elle aperçut le lion et prit peur. Sans dire un mot et sans un signe, elle passa au large. L'araignée la regarda un moment puis secoua tristement la tête, comme en proie à un chagrin subit :

« Vois, lion, comment va le monde ! Quand la pintade voulait que je lui arrange son joli plumage moucheté, j'étais assez bonne pour elle. Du plus loin qu'elle me vît, elle accourait vers moi avec grandes démonstrations d'amitié. Et maintenant qu'elle a le plumage comme elle le voulait, elle passe sans même daigner me faire de signe de bonjour. »

Le plumage de la pintade était fort du goût du lion :

« Je ne savais pas, araignée, que tu savais faire de si belles choses ! »

L'araignée répondit :

« C'est peu de chose ! J'ai appris tout cela de mon père. Si ça te faisait plaisir, je pourrais te faire une fourrure mouchetée. Mais

c'est très douloureux. »

Le lion ne s'arrêta pas à cela :

« Aucune importance ! Que ça fasse mal ou non, je veux avoir un pelage comme personne n'en a de semblable. Fais-le moi et sur-le-champ ! »

« Comme tu voudras, frère lion, dit l'araignée. Mais il faut que tu m'attrapes et m'écorches un buffle. J'ai besoin de sa peau. »

Le lion fut fort étonné :

« Une peau de buffle ! Pourquoi faire ? »

« Pour faire des courroies ! »

Le lion fut étonné encore davantage :

« Des courroies ! Et pourquoi faire ? »

« Tu verras bien, lion, répondit l'araignée. Va me chercher ce buffle ! »

Le lion voulait, coûte que coûte, son pelage moucheté et s'en fut chasser le buffle. Il le trouva bientôt, le tua et le dépouilla, coupa la peau en longues lanières. Pendant ce temps, l'araignée dégustait la viande de l'animal ; c'était encore meilleur que tout un panier de poissons ! Les courroies furent terminées avant qu'elle ne fût rassasiée. L'araignée s'en saisit, mena le lion à un gros baobab et lui dit :

« Frère lion, vois donc si tu peux déraciner ce baobab ! »

Le lion pesa de toutes ses forces contre l'arbre mais ne put le bouger :

« Impossible, il est trop solide ! »

« Fort bien, lion ! dit l'araignée satisfaite. Maintenant, enlace ce baobab de tes quatre pattes, je vais t'y attacher un petit peu. »

Cela ne plaisait pas trop au lion :

« Et pourquoi donc ? »

« Impossible de faire autrement, lion. Si je ne t'attache pas, tu t'agiteras et ton pelage ne sera pas réussi. »

« Bon, reprit le lion, s'il le faut vraiment, attache-moi ! »

Il enlaça le baobab de ses quatre pattes comme le lui avait prescrit l'araignée. Celle-ci le ligota à l'aide des longues lanières qu'elle noua solidement. Quand elle eut noué le dernier nœud, elle dit :

« Voilà qui est fait ! Essaye de les rompre pour voir si tu y parviens ! »

Le lion essaya de toutes ses forces, mais les courroies ne se rompirent point :

« Impossible, je n'y puis parvenir ! »

« Fort bien, déclara l'araignée, maintenant, je peux me mettre

à l'ouvrage et te faire ce pelage que tu désires. »

Elle saisit dans le feu une branche enflammée et en toucha le dos du lion. Le lion hurla de douleur et l'araignée lui demanda, feignant l'étonnement :

« Pourquoi ces hurlements ? Ne voulais-tu pas un pelage moucheté ? Tu vas l'avoir ! Voilà pour le premier poisson que tu m'as mangé ! »

Puis elle toucha pour la deuxième fois le dos du lion de sa branche enflammée et le lion hurla encore de douleur.

L'araignée lui dit, feignant l'étonnement :

« Pourquoi ces hurlements, lion ? Voilà pour le deuxième poisson que tu m'as mangé ! »

Puis elle toucha le dos du lion de sa branche enflammée une troisième fois, une quatrième, une cinquième, autant de fois que le lion lui avait mangé de poisson. Elle s'arrêta alors et dit :

«Voilà, ton pelage est moucheté comme tu le désirais, comme celui de la pintade. Mais je pense que tu ne reviendras plus rôder autour des poissons que j'aurai pêchés et cuits. »

Et l'araignée, contente de sa vengeance, s'en fut chez elle, emportant la moitié du buffle à sa famille. Le lion resta attaché au baobab. Il hurlait de douleur et de rage si bien que les termites en furent alertés. Ils rongèrent les courroies et le lion fut libéré. Affamé, il s'en fut chasser et plus jamais il n'essaya de s'approprier les poissons de l'araignée.

Quant à l'araignée, elle n'alla plus jamais à la pêche. Elle se contenta des mouches qu'elle prenait dans sa toile. Les mouches ne sont pas nourriture de lion.

Le Coq, le dragon et le mille-pattes

conte illustré par Jérôme Brasseur

C'était au temps où régnait dans les cieux l'Empereur de Jaspe. Le coq n'avait pas du tout, alors, la même apparence qu'aujourd'hui. Il portait sur la tête une superbe paire de cornes comme celle des cerfs, et il en était grandement fier. Beaucoup les lui enviaient, surtout le dragon qui vivait dans un creux profond de la rivière. Ce dragon avait la tête comme celle du chameau, les yeux

comme le diable, les oreilles comme le buffle, le cou comme le serpent, des serres comme le vautour, des griffes comme le tigre, mais
son front était lisse, chauve et pelé. Et cela le désespérait fort !

Un jour, l'Empereur de Jaspe convia tous les animaux à un
grand festin dans son palais céleste. Tous les animaux en étaient très
heureux, seul le dragon était fort sombre et se demandait comment
il pourrait faire pour agrémenter un peu son front. Comme il se
morfondait ainsi, vint à passer le coq. Il se pavanait comme un
seigneur portant bien haut ses cornes magnifiques. Cela donna une
idée au dragon :

« Grand frère coq, demain je dois me rendre au palais céleste pour le festin. Comment le pourrais-je avec ce front nu ! Prête-moi tes cornes ! »

« Je ne le puis, grand frère dragon, répondit le coq. Je dois, moi aussi, assister à ce festin. »

« Mais, dit le dragon d'un ton flatteur, tu es, même sans tes cornes, bien assez beau. Tu as des plumes si éclatantes, une queue si magnifique et des ergots si longs ! »

Vint à passer le mille-pattes qui entendit la conversation et qui intervint :

« Le dragon a raison, grand frère coq. Même sans tes cornes, tu as fière allure. Crois-moi, prête-les au dragon. Si tu veux, je me porte garant pour lui. »

Et le coq se laissa convaincre, surtout à cause de la garantie offerte par le mille-pattes.

« Je te les prête, grand frère dragon, mais seulement pour cette fois. Dès après le festin, tu me les rendras. Le mille-pattes s'est porté garant pour toi. »

Le dragon promit de rendre les cornes dès le festin terminé, se les ajusta sur le front et s'en fut, tout heureux, au Palais Céleste. L'empereur de Jaspe accueillit fort civilement tous ses invités, les installa à table et donna une place d'honneur, tout près de lui, au dragon paré des cornes du coq. Quant à celui-ci, on le mit au bas bout de la table. Le coq en fut fort dépité. Dès le lendemain, il s'en fut trouver son débiteur :

« Holà, grand frère dragon, rends-moi mes cornes ! »

Mais le dragon était enchanté de ses cornes et n'avait nulle envie de les restituer :

« À quoi bon, grand frère coq ? tu es très beau sans ces cornes et à moi elles feraient grandement défaut ! »

« Cela me regarde, répondit le coq furieux, si je suis assez beau ou pas. Rends-moi ce que je t'ai prêté ! »

Mais les réclamations du coq n'émurent pas le dragon :

« Ne te fâche pas, grand frère coq, j'ai pour le moment mieux à faire que de discuter avec toi. Nous reprendrons cet entretien un autre jour. » Et, toujours encorné, il descendit bien profond dans son repaire. Mais le coq se mit à crier :

« Dragon, rends-moi mes cornes ! »

Bien en vain ! Le dragon, tapi au fond de son trou, n'entendait plus rien. Mais le mille-pattes fut alerté par ce tumulte. Il vint s'informer de ce qui se passait :

« Le dragon ne veut plus me rendre mes cornes ! hurla le coq. Et tu t'étais porté garant pour lui ! »

« C'est vrai, reconnut le mille-pattes. Mais que puis-je faire, quand ce dragon est au fond de son trou ? »

« Belles paroles ! Pourquoi t'es-tu porté garant pour lui, »

« Hé bien, il ne fallait pas lui prêter tes cornes ! répliqua le mille-pattes. Ne t'en prends qu'à toi-même ! »

Le coq hurla, fou de rage :

« C'est toi le coupable ! »

Il se précipita sur le mille-pattes et, d'un seul coup de bec, le coupa en deux !

Depuis ce jour, le coq et le mille-pattes sont ennemis jurés et, dès qu'un coq voit un mille-pattes, il se jette sur lui, le tue et l'avale.

Et il n'a pas non plus oublié le tort que lui a causé le dragon.

À peine éveillé, le matin, il se met à crier :

« Cocorico ! Cocorico ! »

Ce qui, en langage de coq, veut dire :

« Dragon, rends-moi mes cornes ! Dragon, rends-moi mes cornes ! »

Le Lapin, l'éléphant et l'hippopotame

conte illustré par Laurence Schluth

Un beau jour, le lapin se dit qu'il devrait bien élever quelques animaux :

« Je m'en vais acheter une vache. Cette vache me donnera un veau. Le veau, devenu génisse, me donnera encore un veau. L'année suivante, j'aurai quatre vaches et ces quatre vaches, en deux ou trois ans, me donneront tout un troupeau ! Je serai alors un riche propriétaire ! »

Tout joyeux, le lapin s'en fut au marché acheter sa vache. Mais, en chemin, il s'avisa qu'il n'avait pas le moindre argent. Il se gratta sa grande oreille, puis se dit : Bah ! si je ne puis l'acheter, cette vache, je puis l'emprunter. »

Et le même jour, le voilà chez l'éléphant :

« Éléphant, mon ami, prête-moi une vache. Je te la rendrai dans quelques jours. »

L'éléphant était bonhomme, il prêta la vache à son voisin :

« Prends celle-là, mais quand j'en aurai besoin, tu me la rendras ou me la paieras. »

« Je la rendrai ou je la paierai », promit le lapin.

Il mena la vache chez lui mais ne la garda pas longtemps. Elle n'avait pas eu le temps de vêler qu'il l'avait déjà tué, rôtie et mangée. Ensuite, il se souvint qu'il avait promis de la rendre à l'éléphant. Il se gratta un moment sa grande oreille, puis se dit :

« Bah ! J'en ai emprunté une, je pourrai bien en emprunter une seconde ! »

Le même jour, il alla rendre visite à l'hippopotame :

« Hippopotame, mon ami, prête-moi une vache. Je te la rendrai dans quelques jours. »

L'hippopotame aussi était bonhomme et il prêta une vache au lapin, disant :

« Prends celle-ci, voisin, mais quand je te la redemanderai, tu me la rendras ou me la paieras. »

« Je te la rendrai ou je te la paierai », promit le lapin.

Mais cette fois encore, il se mit dans le cas de ne pas pouvoir tenir sa promesse. La malheureuse vache n'eut pas le temps d'avoir un veau, compère lapin l'avait vivement tuée, rôtie et dégustée. À quelques jours de là, il rencontra l'éléphant qui lui réclama sa vache :

« Rends-la moi ou bien paye-la ! »

« Je vais te la rendre, voisin, mais laisse-la moi encore un jour ou deux. »

Faute de mieux, l'éléphant accepta.

Le lendemain, comme par un fait exprès, notre lapin rencontra aussi l'hippopotame qui réclama sa vache. Le lapin se trouva pris de court.

« J'allais justement te la rendre, voisin, dans deux ou trois jours. »

Deux jours de plus, deux jours de moins, ce n'était pas une affaire pour le brave hippopotame !

Notre compère était pourtant bien embarrassé. Il se gratta un long moment sa grande oreille puis se dit qu'il lui fallait trouver un stratagème.

Il emprunta à un voisin une longue corde et alla dans la prairie

trouver l'éléphant auquel il dit :

« Éléphant, mon ami, je te ramène ta vache. Mais je l'ai tant nourrie que je n'arrive pas à la traîner tout seul. Prends sa corde, je vais aller la pousser. À nous deux, nous arriverons sans doute à la faire bouger. Quand je donnerai le signal, tu tireras. »

L'éléphant fut bien aise de retrouver sa vache et si bien engraissée. Il prit la corde et attendit. Le lapin saisit l'autre extrémité de la corde et s'en fut vers la rivière trouver l'hippopotame :

« Hippopotame, mon ami, je te ramène ta vache. Mais je l'ai tant nourrie que je n'arrive pas à la traîner tout seul. Prends sa corde, je vais aller la pousser. À nous deux, nous arriverons sans doute à la faire bouger. Quand je donnerai le signal, tu tireras. »

L'hippopotame, bien content de retrouver sa vache et tellement engraissée, prit la corde et attendit. Le lapin se cacha à mi-chemin de la prairie et de la rivière et cria :

« Tire, tire ! »

L'éléphant se mit à tirer de son côté, l'hippopotame du

sien, mais sans résultat ! La corde n'avait pas bougé d'un centimètre !
Tous deux, chacun à sa place, de se dire :

« Ma vache a vraiment bien grossi ! »

Bien sûr, aucun des deux ne se doutait qui il y avait à l'autre
bout de la corde. Ils tirèrent, tirèrent, s'acharnèrent presque toute la
journée : mais de vache, point ! L'éléphant se dit alors :

« Il faut que j'aille voir ce qui se passe avec cette vache ! »

Et, au même instant, l'hippopotame se disait la même chose. Tous deux se mirent en route, suivant la corde et, au milieu, se trouvèrent nez à nez ! L'éléphant, surpris, s'exclama :

« Que fais-tu là, hippopotame ? »

« C'était donc toi qui tirais ! » s'écria l'hippopotame, plein d'étonnement.

Et ils comprirent que le lapin les avait joués. L'éléphant en colère cria :

« Attends un peu, traître lapin, quand tu viendras dans la prairie, je te réglerai ton compte ! »

« Viens seulement à la rivière, mauvais lapin, cria l'hippopotame, furieux, et tu recevras ton dû ! »

Cependant, le lapin riait aux larmes de la déconvenue des deux gros animaux. Quand il entendit ces menaces, son rire lui resta dans la gorge.

Depuis ce jour, il ne s'aventure plus vers la rivière. Et quand, dans la prairie, il entend le moindre bruit, il disparaît à toute vitesse.

Le Petit Ver qui avait presque réussi à faire sombrer un navire

conte illustré par Didier Graffet

Il était une fois un navire qui voguait sur les mers avec de nombreux matelots. Un de ces matelots avait une pomme et, comme il avait faim, il la croqua. C'est alors qu'un petit ver sortit du fruit :

« Cette pomme m'appartient, je l'ai trouvée le premier. »

Mais le matelot se contenta de rire et de souffler sur le ver qui tomba de la pomme. Le matelot mangea la pomme, jeta la queue dans la mer et alla se coucher. Mais le petit ver pleurait, car les plus forts faisaient toujours ce qu'ils voulaient de lui. Alors il grignota profondément la coque du navire et perça un trou. Ensuite, il grimpa sur le mât et attendit la suite des événements.

Les matelots dormaient profondément et ronflaient comme des hippopotames. L'eau s'infiltrait lentement dans le bateau.

Et soudain, on entendit un cri : le commandant rêvait qu'il prenait un bain dans sa baignoire et se savonnait la tête, mais il se mettait du savon dans les yeux ; il se réveilla à cet instant et s'aperçut que l'eau lui arrivait au cou et que le navire était en train de sombrer. Il sonna l'alarme et aussitôt le bateau grouilla de matelots en bras de chemise qui criaient de toutes leurs forces : « SOS, SOS ». Ils couraient en tous sens. Au milieu de cette confusion, un homme repassait son pantalon afin d'être correct lorsque les secours arriveraient. Le chauffeur secouait ses habits et se lavait les dents, car il ne voulait pas souiller la mer. Mais le matelot le plus effrayé et qui criait le plus fort était celui qui avait mangé la pomme et qui courait autour de la boussole, un parapluie ouvert à la main en criant : « C'est la fin ! » Le petit ver, perché sur le mât, riait à perdre haleine. Un jeune matelot s'était mis du coton dans les oreilles et lisait tranquillement le livre : « Comment apprendre à nager rapidement ». Le timonier s'était mis dans un tonneau. Tandis que tous essayaient de trouver le salut, le jour commença à poindre lentement. Quelques matelots osèrent même plonger les mains et les pieds dans l'eau, afin de ne pas avoir à sauter brusquement. Un homme portait une bande de caoutchouc autour du cou, à la place d'une bouée de sauvetage. En voulant voir si l'eau était tiède, il fit plouf! et se retrouva dans la mer.

Tous crièrent. Ils allèrent chercher le commandant, le sortirent de sa cabine et, qu'il le voulût ou non, il dut voir le spectacle. Et tandis que tous regardaient bouche bée, ils s'aperçurent que le matelot n'avait de l'eau que jusqu'aux genoux et l'on voyait même ses orteils. Il tenait son pyjama à deux mains afin de ne pas le mouiller et tremblait de peur. Puis le soleil se leva et ils s'aperçurent que le bateau se trouvait sur la plage d'une île de cocotiers : des singes se moquaient d'eux et leur faisaient des pieds de nez. Les matelots vidèrent l'eau du navire, bouchèrent le trou et s'enfuirent. Au tout dernier moment, le petit ver sauta dans l'eau et nagea jusqu'à l'île. Il trouva une noix de coco où il se creusa une jolie maison, avec une cuisine carrelée, une douche, des rideaux aux fenêtres et des fleurs. Il y demeure toujours.

Le Lapin qui eut un duel avec l'éléphant

conte illustré par Sébastien Chebret

Maître Lapin se prélassait chez lui quand, tout à coup, son propre toit lui tomba sur la tête. Affolé, il sortit et que vit-il ? L'éléphant qui piétinait ses pruniers et se frottait le dos contre le mur de la chaumière au risque de la démolir de fond en comble !

« Holà, compère, es-tu donc aussi stupide que tu es gros ! s'écria le lapin, furieux. Tu es entré chez moi par effraction, tu piétines mes pruniers mais fais quand même attention de ne pas démolir ma demeure ! »

Et Maître Lapin poussa de tels cris que, bientôt, tous les voisins s'assemblèrent. L'éléphant ne savait comment se sortir de ce mauvais pas !

« Ne crie pas si fort, lapin ! répliqua-t-il. Tu m'as, toi aussi, bien souvent causé des dommages ! »

« Mais je ne t'ai pas fait tomber ta propre chaumière sur la tête ! cria encore le lapin. Tu me dois réparation ! »

« Ne me mets pas en colère ! s'écria à son tour l'éléphant. Je ne suis pas un couard et ne vas pas t'imaginer que j'aurais peur de toi ! D'un seul coup de patte, je pourrais t'écraser comme une crêpe ! »

« Et que ne le fais-tu pas ! cria encore le lapin ; tu es peut-être le plus gros, mais ce n'est pas pour cela que tu es le plus fort ! Je te provoque en duel ! On verra bien qui lâchera pied le premier ! »

« Nous verrons, petit frère ! s'écria en riant l'éléphant. Mais ce ne sera pas moi ! »

Et on organisa le duel entre le lapin et l'éléphant ! Quand ils arrivèrent le lendemain au village, la grand-place était déjà pleine de curieux. C'était à peine s'il y restait assez de place pour les combat-tants ! Un très sage grand-duc, étant le plus ancien, fut choisi comme arbitre. Il fut décidé que chacun des adversaires avait droit à trois assauts. Celui qui esquiverait un coup ou se sauverait serait déclaré vaincu. Au tirage au sort, le lapin sortit le premier.

« Allons-y, Maître Grand-Duc ! » dit le lapin.

Il se prépara au premier assaut, mais, auparavant, il dit à l'éléphant :

« N'aie pas peur ! Je ne vais pas t'écraser ! Je vais seulement te chatouiller un peu la trompe. Comme ça, regarde ! »

Il sortit de sa poche une souris vivante, une toute petite souris, et la jeta à la tête de l'éléphant.

Les éléphants sont de puissants combattants, tout le monde le sait, mais ils ont une peur épouvantable d'une seule chose : des souris ! Quand celui-ci sentit la souris courir sur sa trompe, il poussa des barrissements désespérés et recula comme s'il y avait le feu. Mais le lapin ne lui fit pas grâce :

« Ne bouge pas ! J'ai droit encore à deux assauts ! Regarde : voici le deuxième ! »

Et il jeta une deuxième souris à la tête de l'éléphant. Celle-ci arriva dans l'oreille. C'en était trop pour le malheureux éléphant ; il secoua sa trompe, agita ses oreilles, battit l'air de sa queue et prit ignominieusement la fuite ! Il abandonna la lice avant le troisième assaut de son adversaire.

Le duel était achevé. Le sage grand-duc n'eut même pas besoin de proclamer son arbitrage et de désigner le vainqueur. Le lapin restait maître du terrain, sa victoire était incontestable et il n'eut plus jamais à se plaindre de l'éléphant. Plus jamais celui-ci ne vint piétiner ses pruniers.

Le Chacal, la panthère, le lion
et le bouc plein d'audace

conte illustré par Sandrine Morgan

Un jour, le bouc décida de s'en aller en pèlerinage vers les lieux saints. Il jeta sur son dos sa besace, prit sur sa tête une cruche pleine de miel délicieux et le voilà parti !

La route est longue vers les lieux saints. Le bouc allait, allait, allait encore, allait toujours… mais se déchaîna une tempête qui le força à s'arrêter. Il fallait se mettre à l'abri ; le bouc chercha autour de lui où il pourrait se protéger de la pluie. Rien aux alentours, pas la plus petite masure ! Seul un baobab abattu gisait à quelques pas de la route. Le bouc, tout joyeux, vit une profonde excavation cachée sous ses racines :

« Voilà ce qu'il me faut ! »

Sans plus hésiter, il sauta dans le trou. Mais, hélas ! D'autres l'y

avaient précédé. Un lion, une panthère et un chacal y étaient déjà blottis.

Le bouc en fut fort effrayé :

« Que faire ? Si je ne trouve pas un stratagème, c'en est fait de moi ! »

Et il posa précautionneusement sa cruche de miel devant lui.

Le chacal le premier dressa la tête :

« Et où donc t'en vas-tu ainsi tout seul, ami bouc ? »

Le bouc ne voulait pas laisser voir qu'il avait peur, il répondit donc avec désinvolture :

« Je m'en vais aux lieux saints, en pèlerinage. »

À son tour, la panthère dressa la tête :

« Et que transportes-tu dans cette cruche ? »

Le bouc répondit avec désinvolture :

« C'est une médecine ! Je l'ai prise pour me soigner s'il m'arrivait en route quelque accident. »

Alors le lion lui-même dressa la tête :

« Une médecine ! Et de quoi guérit-elle, ami bouc ? »

Et le bouc de répondre avec désinvolture :

« D'un peu de tout, lion. Elle est efficace pour toutes les douleurs et toutes les maladies. »

Le lion grommela :

« Cela tombe bien, bouc. J'ai quelque chose qui me fait mal dans la poitrine. Donne-moi un peu de ta médecine ! »

Le bouc ne voulait pas laisser voir qu'il tremblait de peur. Il reprit avec désinvolture :

« Avec joie, lion ! Mais il me faut un morceau de peau pour tremper dans la médecine. »

Le lion grommela :

« Quelle sorte de peau, bouc ? »

« Le mieux, répondit le bouc, serait de la peau de chacal. »

« Chacal, dit le lion, donne au bouc un petit morceau de ta peau. »

Que pouvait faire le chacal. Contraint et forcé, bien contraint et bien forcé, il donna au bouc un petit morceau de sa queue. Le bouc s'en saisit, le trempa dans le miel et dit :

« Ferme les yeux, lion, et ouvre la gueule ! »

Le lion ferma les yeux, ouvrit sa gueule et le bouc lui posa sur la langue la peau de chacal enduite de miel. Le lion avala la peau enduite de miel et grommela :

« Quelle excellente médecine, bouc ! Je me sens déjà tout ragaillardi. Donne m'en encore un peu ! »

« Bien volontiers, répondit le bouc. Mais il me faut encore un petit bout de peau de chacal. »

Et le lion grommela :

« As-tu entendu, chacal ? Donne encore un peu de ta peau

au bouc. »

Que pouvait faire le chacal ? Contraint et forcé, bien contraint et bien forcé, il donna au bouc encore un petit morceau de sa queue. Le bouc le prit, le trempa dans le miel et le posa sur la langue du lion.

Le lion avala la peau enduite de miel et grommela :

« Quelle excellente médecine, bouc ! Je me sens tout ragaillardi. Donne m'en encore une petite fois ! »

« Bien volontiers, lion ! dit le bouc ; mais il me faudrait encore un morceau de peau du chacal. Mais un peu plus grand cette fois. »

Le lion grommela :

« Alors, chacal, tu entends ? Donne au bouc un morceau de ta peau. Et suffisant, cette fois ! Sinon, je me servirai moi-même et toute ta peau y passera ! »

Le chacal se vit dans une fâcheuse position. Si cela continuait, le lion serait bien capable de l'écorcher tout vif. Et il n'y tenait pas du tout ! Il sauta hors du trou et s'enfuit.

« Attends un peu, chacal ! grommela le lion. Tu vas me le payer cher ! Te sauver comme cela, quand j'ai grand besoin d'un petit morceau de ta peau ! »

Et il se jeta à la poursuite du fuyard.

Le bouc resta dans le trou en compagnie de la panthère seule. Il ne voulait pas laisser voir qu'il avait peur et il déclara avec désinvolture :

« J'espère, panthère, que tu te rends compte du service que je t'ai rendu ! »

La panthère fut bien surprise :

« Quel service, bouc ? »

« Mais, reprit le bouc, parce que je t'ai épargnée. J'ai dit au lion que la meilleure peau, celle qui convenait le mieux était la peau de chacal. Mais c'était un

mensonge. Celle qui convient le
mieux, c'est la peau de panthère.
Le lion en aurait été grandement
plus soulagé ! »

Cette déclaration effraya
fort la panthère. Elle sauta hors
du trou et se sauva avant que le
lion ne revienne. Ce fut ainsi
que le bouc, grâce à sa malice, se
tira de ce mauvais pas. Il attendit que la tempête se calmât et,
quand elle se fut apaisée, il jeta
sa besace sur son dos, réinstalla
sur sa tête la cruche pleine d'un
miel délicieux et continua son
pèlerinage vers les lieux saints.

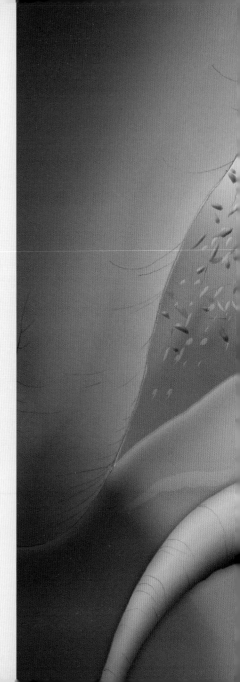

La Grenouille d'Osaka
et la grenouille de Kyoto

conte illustré par Bruno David

Il y avait une fois deux grenouilles qui vivaient au Japon. La première avait élu domicile dans un fossé, à Osaka, port de mer ; la seconde dans une rivière de Kyoto, la capitale impériale. Un beau jour, les deux grenouilles décidèrent d'aller voir le monde. Celle d'Osaka désirait visiter Kyoto et celle de Kyoto

mourait d'envie de voir Osaka. Elles s'éveillèrent de grand matin et
prirent la route à la même heure. Mais à mi-chemin, dans le désert,
elles se heurtèrent à une colline fort haute et fort escarpée. Pour les
pauvres grenouilles, ce n'était pas rien que d'entreprendre pareille
escalade et il leur fallut un bon moment pour atteindre le sommet.

Et au sommet, nos deux grenouilles se trouvèrent nez à nez.

Elles restèrent un moment à se considérer, tout étonnées, puis elles

éclatèrent de rire et engagèrent la conversation. Chacune de dire où

elle voulait se rendre, s'étonnant de la coïncidence ; puis, quand elles

se sentirent reposées, elles voulurent se remettre en chemin. L'une

des deux soupira : « Quel dommage que nous ne soyons pas faites

comme les autres animaux ; si nous étions plus grandes, nous pour-

rions voir du haut de cette colline le pays que nous allons traverser. Et nous nous rendrions compte si cela vaut la peine de nous donner tant de mal. »

L'autre grenouille, qui était très avisée, proposa :

« Nous pouvons tenter quelque chose. Dressons-nous et appuyons-nous l'une à l'autre par nos pattes de devant. Chacune de nous pourra regarder le chemin qui lui reste à parcourir. »

Aussitôt dit, aussitôt fait. Elles se dressèrent sur leurs longues pattes de derrière, s'étayant l'une l'autre de leurs pattes de devant pour ne pas tomber, et levèrent la tête aussi haut qu'elles le pouvaient.

Et d'observer attentivement la ville qui s'étendait devant leurs yeux. Mais elles avaient oublié que, comme chez toutes les grenouilles, leurs yeux étaient placés à l'arrière de leur tête, si bien qu'elles regardaient en arrière et que chacune voyait, derrière elle, la ville d'où elle venait.

Au bout d'un moment, la grenouille d'Osaka s'écria, tout étonnée :

« À ce que je vois, Kyoto est exactement pareille à Osaka. Inutile, sur mon âme, d'entreprendre un si long voyage ! »

Et la grenouille de Kyoto, tout aussi étonné, s'exclama :

« Et Osaka ressemble à Kyoto comme deux gouttes d'eau ! »

Les deux grenouilles restèrent un long moment appuyées l'une contre l'autre et s'étonnant fort de ce que Osaka et Kyoto fussent si semblables. Et quand elles eurent tout bien considéré, elles se remirent sur leurs pattes, se firent force politesses, se souhaitèrent réciproquement une bonne route et s'en retournèrent chacune chez elle.

Et jusqu'à leur mort, elles crurent obstinément que Kyoto et Osaka étaient en tout semblables, bien que ce fût tout le contraire.

Comment la grenouille s'acquitta de ses dettes envers le léopard

conte illustré par Pascale Breysse

Jadis, il y a bien longtemps, les gazelles prenaient du service chez les grenouilles. En ce temps-là donc, une grenouille en vint à emprunter une certaine somme au léopard, promettant de s'acquitter bientôt. Mais, pour rembourser, il eut fallu avoir de quoi ! Le léopard patienta un moment puis se dit qu'il allait obtenir son dû.

Il alla donc, le lendemain, trouver la grenouille dans la mare où elle vivait avec ses compagnes. En approchant, il fut accueilli par un incroyable concert de coassements. Les grenouilles s'étaient rassemblées après avoir mangé et, comme elles l'avaient fait toute leur vie, chantaient à se rompre le gosier. Le léopard ne prit pas cela pour un chant. Il pensa que c'étaient des lamentations funèbres :

« Qui donc est mort que vous vous lamentiez ainsi ? » demandat-il à la grenouille, sa débitrice.

La grenouille répondit :

« Ma grand-mère est morte ! Ne te fâche pas, léopard, si je ne te paye pas aujourd'hui ! Laisse-moi à ma douleur ! Reviens un autre jour ! »

Le léopard revint trois jours après. Le même concert l'ac-

cueillit. Les grenouilles coassaient à vous fendre les oreilles ! Le léopard demanda à sa débitrice :

« Qui donc pleurez-vous encore ? »

« Ma petite sœur est morte, léopard ! Ma douleur est profonde !
Pour cet argent, reviens, je t'en prie, à un autre moment ! »

Et le léopard, deux jours après, revint pour la troisième fois. Les
mêmes lamentables coassements s'échappaient de la mare. Quand il
réclama son argent à la grenouille, celle-ci répondit :

« Hélas ! Mon petit frère est mort ! Ne veux-tu pas revenir à
un autre moment ? »

Retournant chez lui, fort contrarié, le léopard rencontra la gazelle qui lui demanda :

« Pourquoi cette mine déconfite, léopard ? »

« Je suis allé trois fois demander à la grenouille de me rembourser l'argent qu'elle me doit, répondit le léopard, et je ne l'ai pas obtenu. Chaque fois, elle pleurait un membre de sa famille. Écoute plutôt ! »

Et, en vérité, les coassements douloureux des grenouilles se faisaient entendre jusque-là. Mais la gazelle éclata de rire :

« Que tu es sot, léopard ! Ne sais-tu pas que les grenouilles coassent ainsi tous les jours ? Nous le savons bien nous, les gazelles, qui sommes leurs servantes depuis si longtemps. »

Furieux, le léopard retourna à la mare et enjoignit sa débitrice :

« Grenouille, mon argent ! Et tout de suite ! »

« Mais ne t'ai-je point dit, répondit la grenouille, que je n'ai pas le temps : nous pleurons notre frère ! »

« Ce n'est pas vrai, hurla le léopard ! Ce ne sont que vos coassements ordinaires ! Je le sais maintenant : la gazelle me l'a dit ! »

La grenouille se fâcha à son tour :

« Ah ! la gazelle te l'a dit ! Hé bien, prends-la au mot ! C'est ma servante, je te la donne en place d'argent et nous sommes quittes ! »

Mais le léopard ne voulait pas de ce marché :

« La gazelle me mordrait de ses crocs pointus ! »

Ne crains rien ! le tranquillisa la grenouille.

La gazelle a les dents toutes usées. Tu n'as qu'à l'essayer :
donne-lui une noix, tu verras bien si elle peut la casser. »

La grenouille sauta dans la mare. Le léopard ramassa une noix
qu'il courut offrir à la gazelle :

« Je t'ai apporté une noix, il paraît que tu les aimes ! »

Mais la gazelle n'accepta pas la noix :

« Grand merci, léopard, je ne mange pas de noix : mes dents
ne sont pas assez solides. » Entendant cela, le léopard
n'hésita plus : il bondit sur la gazelle, l'égorgea et la
traîna dans son repaire. Depuis ce jour, les léopards mangent les
gazelles et c'est ainsi que les grenouilles leur ont payé leurs dettes.

Pourquoi les hiboux ne sortent que la nuit

conte illustré par Céline Puthier

Il y a très longtemps de cela, les hiboux étaient les teinturiers de la forêt. Ils teignaient le plumage des autres oiseaux avec des couleurs chatoyantes et tous étaient très satisfaits de leur travail consciencieux. Tous, sauf la corneille qui se pavanait du matin au soir dans son magnifique plumage blanc.

Pourtant, un jour, la corneille voulut changer de couleur.

– Je voudrais que tu teignes mon

plumage, dit-elle au hibou, mais je veux être ab- solument la seule à porter cette couleur, exigea la corneille.

Le hibou réfléchit longuement et eut soudain l'idée de la teindre en noir.

– Et voilà, dit-il fièrement, quand il eut terminé. Personne dans le monde n'a un plumage d'une telle couleur.

En voyant son plumage aussi noir que du charbon, la corneille entra dans une colère terrible. Mais il était trop tard pour revenir en arrière.

Comme la corneille est aussi rancunière qu'elle est noire, jamais à partir de ce jour elle ne put s'empêcher d'insulter les hiboux qui passaient à portée d'aile. C'est pourquoi les hiboux décidèrent de se cacher dans la forêt pendant la journée et de ne sortir chasser qu'à la tombée de la nuit, quand les corneilles sont endormies.

Et voilà pourquoi le crapaud a la peau tout éclatée

conte illustré par Éphémère

C'était encore au temps où tous les animaux vivaient ensemble dans le même village. L'Esprit Bon qui régnait dans les cieux décida d'organiser une grande fête et y pria tous les animaux qui étaient bons musiciens. Il convia donc le corbeau qui jouait plaisamment du luth. Mais l'Esprit Bon oublia le crapaud qui était pourtant très bon joueur de tambour. Le crapaud en était bien désolé, il alla trouver le corbeau :

« Corbeau, corbeau, conduis-moi dans les cieux à la fête !
J'aimerais tant y tambouriner ! »

Mais le corbeau ne voulut rien entendre :

« Tu es bien trop lourd ! Je ne pourrais te porter jusque-là.
Et puis, tu n'es pas invité. »

Mais tout cela n'était que feintes. Le corbeau craignait que

le crapaud, avec son tambourinage, ne le surpassât, lui avec son luth. Le crapaud, se rendant compte de la mauvaise volonté qu'y mettait le corbeau, ne le pria pas plus qu'avant.

Il attendit que fussent finis les préparatifs du voyageur et se glissa dans son grand luth.

Le corbeau s'envola donc, portant son grand luth sur le dos. Mais il avait bien du mal à le porter, il lui paraissait tout à coup bien lourd. La raison de ce poids, il la découvrit en arrivant dans les cieux quand il vit le crapaud sortir de l'instrument.

Celui-ci, tout riant et battant joyeusement de son tambour, s'écria :

« Grand merci, ami corbeau, de m'avoir porté jusqu'ici ! »

Le corbeau était furieux mais n'en laissa rien paraître, se disant en lui-même :

« Sans doute, voudras-tu revenir et c'est alors que nous verrons qui rira le dernier ! »

Et, en vérité, la fête finie, le crapaud se trouva en grand embarras, ne sachant comment redescendre sur la terre. Finalement, il attendit que le corbeau s'éloignât et, de nouveau, se glissa sur son dos, déploya ses ailes et se mit en devoir de regagner la terre. Mais il s'arrêta sur un nuage, ôta le luth de son dos, le renversa en le secouant, et le crapaud en tomba :

« Tu ne te moqueras plus de moi ! »

Le pauvre crapaud n'avait vraiment pas le cœur à rire. Il tombait, tombait et criait :

« Pierres, pierres, ôtez-vous de là, sinon je vais me tuer ! »

Mais les pierres sont sourdes, elles n'entendirent pas ses cris et ne se déplacèrent pas. Le crapaud tomba sur elles de tout son poids et la peau lui en éclata sur tout le corps. Et le malheureux a toujours la peau tout éclatée. Et il cassa aussi son tambour. Plus jamais il ne retrouva l'art de tambouriner. Vous pouvez vous en rendre compte si vous l'entendez piteusement s'y essayer par les soirs d'été.

Et le corbeau non plus ne joue plus du luth. En ce jour où, sur un nuage, il avait retourné son instrument pour en faire tomber le crapaud, celui-ci lui échappa des serres et se fracassa sur le sol. Encore maintenant, le corbeau en cherche les morceaux. Il vole au-dessus des prés et des champs, fouille du bec et gémit lamentablement :

« Kra, kra, kra ! »

Le Bouc et le léopard

conte illustré par Julie Wendling

Jadis, il y a bien longtemps, au tout commencement du monde, la gent animalière vivait dans des huttes, au plus profond des forêts. Un beau jour, le léopard décida, lui aussi, de se bâtir une maison et chercha un endroit convenable. Il trouva, au milieu de grands arbres, une clairière qui lui plut fort :

« C'est ici que je bâtirai ma maison ! Mais il faut que je fauche ces hautes herbes. »

Et il s'en fut chercher une faucille.

À peine avait-il quitté cet endroit que survint le bouc qui lui aussi désirait se construire une maison. La clairière parmi les grands arbres lui plut aussi :

« Il faut que je fauche ces hautes herbes. »

Il s'y mit sur-le-champ, faucha toute l'herbe puis s'en fut à la pâture.

Quelle surprise pour le léopard quand il s'en revint et vit l'herbe fauchée :

« C'est sûrement l'œuvre du bon génie des léopards ! Demain, je me taillerai des pieux. »

Et il s'en fut à la chasse.

Le lendemain, le bouc s'en vint à la clairière et se tailla des pieux. Il les rangea soigneusement en un beau tas et s'en fut à la pâture. Un instant après, arriva le léopard qui fut saisi d'admiration devant le beau tas de pieux :

« Le bon génie des léopards m'est encore venu en aide ! Demain, je planterai mes pieux en terre. »

Enchanté, il s'en fut à la chasse.

Le troisième jour, arriva le bouc et il planta les pieux en terre.

Bientôt se dressa, au milieu de la clairière, une jolie hutte : il ne lui manquait que le toit. Puis le bouc s'en fut à la pâture. Un instant après, revint le léopard. Quelle surprise de voir la hutte presque achevée :

« Voilà que le bon génie des léopards a encore travaillé pour moi ! Demain je ferai le toit et ma maison sera prête. »

Tout heureux et content, il s'en fut à la chasse.

Le jour suivant, le bouc revint à la clairière et il fit un toit de feuilles et de branchages. Le travail achevé, il s'en fut à la pâture. À peine avait-il tourné les talons qu'arriva le léopard. Grande surprise : la hutte avait un beau toit !

« C'est encore l'œuvre du bon génie des léopards ! Demain, je viendrai m'installer. »

Mais quand il revint le jour suivant pour occuper sa demeure, que vit-il ? Le bouc en train de s'installer avec sa compagne.

« Que faites-vous ici ? » s'exclama-t-il.

« Nous nous installons dans notre maison », répondit le bouc.

« Votre maison ! Et qui donc a trouvé cette charmante clairière ? »

« Moi », répondit le bouc.

« Et qui a fauché l'herbe ? » demanda le léopard.

« Moi », répondit le bouc.

« Et qui a taillé les pieux ? » grogna le léopard.

« Moi », répondit le bouc.

« Et qui a construit la hutte ? » gronda le léopard.

« Moi », répondit le bouc.

« Et qui a fait ce toit de feuilles et de branchages ? » rugit le léopard.

« Moi, moi et encore moi ! » répondit hardiment le bouc et il se posta fermement devant la porte.

Mais la chèvre, compagne du bouc, s'interposa :

« Ne vous disputez pas ! La hutte est bien assez vaste pour nous trois. Le léopard en occupera une moitié et nous habiterons dans l'autre. »

Le léopard et le bouc se rangèrent à son avis et les voilà tous trois vivant de compagnie. Le léopard chassait des antilopes, le bouc achetait les légumes et la chèvre cuisinait pour tout le monde de bons petits plats. Mais un jour, le léopard ne trouva pas d'antilope et tua une des chèvres du village. Quand il revint à la maison et montra quelle sorte d'antilope il rapportait, le bouc trouva l'affaire mauvaise :

« Je ne mange pas de cette viande ! »

Et il se mit à chercher le moyen de rendre la pareille au léopard. Le lendemain, il alla trouver le chasseur qui parcourait la forêt et le pria de lui tuer un léopard. Le chasseur le promit au bouc et lui apporta le soir même le cadavre d'un léopard. Le bouc le rapporta à la maison et le montra au léopard son voisin :

« Regarde donc quelle sorte d'antilope j'ai attrapé ! »

Le léopard trouva l'affaire mauvaise et dit :

« Je ne mange pas de cette viande ! »

Mais il avait peur.

Le jour suivant, le bouc étant parti à la chasse, le léopard demanda à la chèvre :

« Dis-moi donc, comment ton bouc a-t-il pu tuer ce léopard ? »

Et la chèvre lui dit ce que lui avait commandé son compagnon :

« Je vais te le dire, mais c'est un terrible secret. Mon époux a le mauvais œil. Quand il veut tuer quelqu'un, il lui lance un regard de son mauvais œil et le malheureux meurt sur-le-champ. Il tombe comme s'il était frappé d'une flèche. Il est reparti à la chasse. Nous verrons bien ce qu'il rapportera. »

Le léopard n'était pas rassuré :

« Et si ce maudit bouc se mettait en colère contre moi et me lançait un regard de son mauvais œil ! C'en serait fait de moi ! Mieux vaut quitter les lieux. »

Et il s'en fut se cacher dans les broussailles, au fin fond de la forêt.

Depuis ce jour, les léopards ne se construisent plus de maison et vivent dans les fourrés épais. Et les boucs ont renoncé à vivre en compagnie des léopards dans la forêt, ils aiment mieux vivre dans les maisons des hommes.

Le Vieux Couple et les écureuils

conte illustré par Pauline Lefèbvre

Dans les montagnes de la province Kangwon vivait un vieux couple. Les époux n'avaient point eu d'enfant, de sorte que personne à présent ne s'occupait d'eux et ils menaient leur vie comme ils le pouvaient. Le vieil homme tressait des sandales avec de la paille et du liber et les vendait sur le marché, tandis que sa femme faisait le ménage chez des voisins fortunés contre un peu de nourriture.

Un jour, la vieille femme aperçut dans le bois une belette qui emportait dans ses dents un petit écureuil glapissant de peur. Elle asséna un coup de râteau à la belette et sauva l'écureuil. Puis elle emporta chez elle le petit animal, soigna ses blessures et s'occupa de lui jusqu'à ce qu'il guérisse tout à fait. Pour le nourrir, elle lui apportait des glands et des marrons, et quelquefois même des noisettes.

L'écureuil se sentait si bien chez le vieux couple qu'il ne voulut plus le quitter. De temps en temps, il sortait dans la forêt mais revenait toujours. Les deux vieillards l'aimaient comme leur propre enfant, et quand il mit au monde quatre petits, ils s'en occupèrent aussi avec amour.

Les jeunes écureuils grandirent, eurent des petits, qui à leur tour mirent au monde d'autres petits. Ils étaient de plus en plus nombreux dans la maison du vieux couple, envahissant la pièce unique et la cour, s'ébattant et sautant partout, s'asseyant sur les genoux des deux vieillards, se laissant caresser ou exécutant différents tours pour les amuser. En récompense, le vieux couple, heureux de n'être plus tout à fait seul, leur apportait des glands et d'autres délicatesses.

Les années passèrent ; mais avec elles, les forces des deux époux diminuèrent. Ils marchaient déjà avec peine, et étaient désormais incapables d'aller chercher des glands et des noisettes. Les écureuils, eux, étaient de plus en plus nombreux.

Un jour, comme le vieil homme caressait la fourrure rousse de l'écureuil le plus âgé, il lui dit tristement :

— Mon pauvre écureuil, nous n'avons plus la force de nous occuper de vous. Il vaudrait peut-être mieux que vous retourniez dans la forêt et vous occupiez vous-même de votre subsistance ! Même si, sans vous, nous nous sentirons bien abandonnés…

L'écureuil posa ses yeux sages sur le vieil homme, hocha la tête comme s'il avait compris ses paroles, et sauta de ses genoux. Puis il quitta la chaumière et, suivi de tous les autres, disparut dans la forêt. Dans la pièce et la cour désertes, un silence empreint de chagrin s'installa. Le vieux couple avait l'impression d'avoir perdu ses propres enfants !

— Tu n'aurais pas dû les chasser tous, fit la femme d'un ton de reproche. Je vais avoir du mal à m'habituer à la solitude, et me languirai d'eux.

Le vieil homme sentit lui aussi la tristesse l'envahir mais les écureuils étaient partis. Vers le soir cependant, encore avant le coucher du soleil, l'aîné des écureuils surgit soudain sur la porte de la palissade.

Et hop, il sauta dans la cour, entra dans la pièce et déposa devant le vieil homme un épi de riz. Les autres écureuils arrivèrent derrière lui, si nombreux qu'ils renversèrent même la porte.

Avant que les époux ne se soient remis de leur surprise, un beau tas d'épis dorés s'élevait dans la chaumière : il y en avait assez pour passer l'hiver. Et les écureuils n'avaient ramassé que les épis laissés par les paysans après la récolte.

À partir de ce jour, les écureuils leur apportèrent toutes sortes de choses pour les remercier des soins et de l'amour qu'ils leur avaient prodigués pendant des années. Ils apportèrent même de la forêt différentes plantes ainsi qu'une racine bizarre qui ressemblait à un petit homme.

– Mais c'est du ginseng ! s'écria le vieil homme étonné.

Avec ces plantes, son épouse prépara une tisane fortifiante, puis râpa la racine de longue vie et la mélangea à du miel. Le ginseng et les autres plantes dont les écureuils seuls connaissaient les effets miraculeux rendirent aux vieux époux force et santé. Ils rajeunirent tant qu'ils purent travailler de nouveau et n'eurent plus aucun souci pour leur survie.

Le Chat Botté ou le maître chat

conte illustré par Anaïs Rotteleur

Un meunier, à sa mort, laissa à ses trois fils son moulin, son âne et son chat. Quand on partagea, l'aîné eut le moulin, le second l'âne et le plus jeune n'eut que le chat.

Il fut bien triste d'avoir si maigre héritage :

« Mes frères, se disait-il, pourront, en s'associant, bien gagner leur vie. Mais, moi, quand j'aurai mangé mon chat et me serai fait un bonnet de sa peau, je n'aurai plus qu'à mourir de faim. »

Le chat qui, sans en avoir l'air, avait entendu ces paroles, lui dit fort sérieusement :

« Mon maître, il ne faut point vous affliger de la sorte ! Vous n'êtes pas mal partagé, vous le verrez si vous me donnez un sac et me faites faire une paire de bottes pour marcher dans les taillis. »

Le maître n'était pas fort rassuré, mais cependant, ce chat était si malin, il l'avait vu si souvent monter de bons tours, comme se pendre par les pieds ou se cacher dans la farine pour faire le mort afin d'attraper à coup sûr les rats et les souris, qu'il se dit que, peut-être, il pourrait en recevoir secours.

Lorsque le chat eut ses bottes, il prit le sac sur son épaule et s'en alla dans un champ que hantait une grande quantité de lapins de garenne. Il mit dans le sac du son et des légumes tendres et sucrés que les lapins aiment par-dessus tout, le posa par terre et s'étendit sur l'herbe sans bouger, comme s'il eut été mort. Il attendit qu'un jeune lapin, encore naïf, vînt dans son sac pour manger les friandises qu'il y avait mises.

Il n'attendit pas longtemps ; un jeune lapin entra bientôt dans le sac, alors le chat tira le cordon, le prit et le tua.

Portant sa proie, il s'en alla chez le roi et lui demanda audience. On le fit entrer dans la salle où se tenait Sa Majesté. Le chat s'inclina jusqu'à terre et dit au roi :

« Sire, je viens de la part de mon maître, le Marquis de Carabas (c'était le nom qu'il avait choisi pour le jeune homme) qui vous envoie de sa chasse. »

« Dis à ton maître, répondit le roi, en prenant le lapin, que je le remercie fort et que ce lapin me fait plaisir. »

Une autre fois, le chat alla se cacher dans les herbes, toujours avec son sac et prit deux perdrix. Il alla ensuite les porter au roi,

comme il lui avait porté le lapin de garenne. Le roi accepta encore avec grand plaisir ce cadeau du Marquis de Carabas et fit donner une récompense au chat.

Le chat continua ce manège pendant trois mois au moins, allant, de temps en temps, porter au roi du gibier de la part de son maître. Un jour, il apprit que le roi devait faire, avec sa fille, une princesse belle comme le jour, une promenade au bord de la rivière. Il dit alors à son maître :

« Si vous suivez mon conseil, vous vous en trouverez bien. Allez vous baigner dans la rivière à l'endroit que je vous dirai et, ensuite, laissez-moi faire. »

Le Marquis de Carabas suivit les conseils de son chat sans imaginer ce qui arriverait par la suite. Au moment où il se baignait, le roi vint à passer. Et le chat se mit à crier de toutes ses forces :

« Au secours ! Au secours ! Monsieur le Marquis de Carabas se noie ! »

Le roi mit la tête à la portière et reconnut le chat qui lui avait si souvent apporté du gibier. Il ordonna sur l'heure à ses serviteurs d'aller au secours de Monsieur le Marquis de Carabas.

Pendant qu'on retirait de l'eau l'infortuné marquis, le chat s'approcha du roi et lui dit que, pendant que son maître se baignait, des voleurs lui avaient dérobé tous ses habits bien qu'il eût crié « aux voleurs » aussi fort qu'il le pouvait. En vérité, le rusé chat avait caché sous une pierre les pauvres vêtements de son maître.

Le roi envoya aussitôt au palais un de ses officiers pour aller chercher un de ses plus beaux habits pour le Marquis de Carabas.

Le roi l'accueillit fort courtoisement ; et, comme les beaux habits relevaient la bonne mine du jeune homme (qui était fort bien fait de sa personne), la fille du roi le trouva fort à son goût. Quand le Marquis de Carabas lui eut jeté quelques regards tendres, elle en devint amoureuse.

Le roi voulut que le Marquis montât dans le carrosse pour les accompagner dans leur promenade. Le chat, qui avait combiné son affaire et la voyait en chemin de réussir, prit les devants. Il rencontra des paysans qui fauchaient un pré et leur dit :

« Bonnes gens, si vous ne dites pas au roi que le pré que vous fauchez appartient au Marquis de Carabas, vous serez tous hachés menus comme chair à pâté ! »

Et le roi demanda aux faucheurs à qui était le pré qu'ils étaient en train de faucher :

« C'est à Monsieur le Marquis de Carabas ! » répondirent-ils tous ensemble, car ils avaient très peur du chat.

« Vous avez là un pré magnifique », dit le roi au Marquis.

« Vous voyez, Sire, répondit le Marquis, j'en suis assez content, les récoltes en sont fort belles. »

Le chat, ensuite, rencontra des moissonneurs et leur dit :

« Bonnes gens, si vous ne dites pas au roi que le pré que vous fauchez appartient au Marquis de Carabas, vous serez tous hachés menus comme chair à pâté ! »

Le roi qui arriva sous peu d'instants, voulut savoir à qui appartenaient ces blés magnifiques.

« C'est à Monsieur le Marquis de Carabas ! » répondirent les moissonneurs.

Le roi s'en réjouit fort et en complimenta encore le marquis.

Le chat allait toujours devant le carrosse et disait la même chose à tous les gens qu'il rencontrait ; et le roi était émerveillé des grandes richesses du Marquis de Carabas.

Le chat arriva enfin à un beau château. Le maître en était un ogre, le plus riche qu'on eût jamais vu ; toutes les terres où le roi avait passé lui appartenaient. Le chat prit ses renseignements sur cet ogre et, ayant appris ce qu'il voulait savoir, demanda à le voir, disant que, passant auprès du château, il tenait à honneur de lui faire la révérence.

L'ogre le reçut avec toute la politesse qu'on peut attendre de ce genre de personnage et le pria de s'asseoir. Le chat lui dit :

« On m'a assuré que vous étiez fort versé en magie et que vous pouviez, par exemple, vous transformer en toutes sortes d'animaux, en lion, en éléphant. »

« Cela est vrai, grommela l'ogre, et vous allez me voir, à l'instant, me changer en lion. »

Le chat eut une telle frayeur de se voir brusquement en présence d'un lion, qu'il sauta sur le toit dont il faillit choir, car il avait oublié que si les bottes sont bonnes pour parcourir les champs et les bois, elles ne valent rien pour marcher sur les tuiles.

Quand il vit que l'ogre avait repris sa forme naturelle, il redescendit en avouant avoir eu très peur. Il reprit :

« On m'a dit aussi que vous pouviez vous transformer et tout petits animaux, en rat ou en souris. Mais j'ai peine à le croire ; cela est, évidemment beaucoup plus difficile ! Je crois même que c'est tout à fait impossible ! »

« Impossible ! répondit l'ogre. Voyez plutôt ! »

Et, en disant ces mots, il se changea en une souris qui trottait sur le plancher ; le chat se jeta sur elle et la croqua.

À ce moment, le roi arrivait devant le beau château et voulut le visiter. Le chat, entendant le bruit du carrosse qui passait sur le

pont-levis, courut bien vite à son devant et dit au roi :

« Sire, soyez le bienvenu au château de Monsieur le Marquis de Carabas ! »

« Monsieur le Marquis, s'écria le roi, ce château est donc à vous ! Jamais je n'en vis de plus beau. La cour et les bâtiments en sont magnifiques. Vous plairait-il de me faire visiter l'intérieur ? »

Le marquis offrit la main à la jeune princesse, fit passer le roi le premier et ils montèrent, précédés du chat, jusqu'à une salle magnifique où ils trouvèrent une table toute dressée, car ce jour-là, l'ogre avait convié ses amis à dîner.

Le roi était enchanté du Marquis de Carabas, surtout en considération de ses grandes richesses ; la princesse en était folle. Aussi, quand ils eurent bu bien des gobelets de vin, il dit à son hôte supposé :

« Monsieur le Marquis, si vous le voulez, je vous accorde la main de ma fille. »

Le marquis, avec de grandes révérences, accepta l'honneur qu'on lui faisait et les noces furent célébrées le jour même.

Elles furent magnifiques et on en parla longtemps.

Le chat, devenu grand seigneur, fut nommé gentilhomme de la cour. Il n'avait plus besoin d'attraper les souris et il ne le faisait plus que de temps en temps pour son seul plaisir.

Le Serpent et le corbeau

conte illustré par Bruno David

Compère corbeau et sa commère avaient bâti leur nid sur un vieil arbre, mais, chaque fois qu'ils avaient eu des petits, le serpent qui se lovait au pied de l'arbre les leur avait mangés. La première et la deuxième fois, la pauvre mère corbeau s'était contentée de pleurer, mais, la troisième fois, elle parla de crever les yeux à ce cruel serpent.

Mais compère corbeau la mit en garde :

« Pas d'imprudence, ma mie ! Quand tu lui auras crevé les yeux, le serpent aura encore ses crocs venimeux. Il faut, en l'occurrence, user de ruse. Laisse-moi faire et tu verras ! »

Mère corbeau fit confiance au père corbeau et lui abandonna

le soin de les venger. Celui-ci ne tarda pas.

Il savait que le seigneur du lieu allait se baigner souvent dans le lac voisin. Un beau jour que le seigneur était venu à la baignade, accompagné de toute sa domesticité, il attendit qu'il se fût dévêtu et eût ôté sa belle chaîne d'or. Alors, il se précipita, saisit dans son bec la chaîne d'or et s'en fut à tire-d'aile.

Le seigneur et ses serviteurs furent frappés d'étonnement devant ce vol si prompt et quand ces derniers se rendirent compte que le corbeau avait dérobé la chaîne d'or, ils se jetèrent à sa poursuite en poussant de grands cris. Ils n'eurent pas à aller loin. Arrivé à son arbre, le corbeau déposa la chaîne dans le repaire du serpent.

Les serviteurs s'en approchèrent mais furent accueillis par le sifflement du reptile. Le corbeau en aurait tremblé mais les serviteurs du seigneur ne se laissèrent pas effrayer. Ils s'en furent dans le bois couper de bons bâtons, retournèrent au repaire de la mauvaise bête et frappèrent tant et si bien qu'elle en rendit l'âme. Puis ils reprirent la chaîne d'or qu'ils rapportèrent à leur maître.

Et après cela ?

Compère corbeau et sa commère vécurent désormais en paix et élevèrent une foule de petits corbeaux.

Les Sept Corbeaux

conte illustré par Pascale Breysse

Un homme avait sept fils et pas de fille, à son grand désespoir. Sa femme enfin lui en donna une. Leur joie fut grande, mais l'enfant était fort petite et on résolut de l'ondoyer à cause de sa faiblesse.

Le père envoya en hâte un de ses garçons chercher de l'eau à la source ; les autres six coururent derrière lui, et comme ils se disputaient à qui remplirait la cruche, celle-ci tomba à l'eau. Tout interdits et n'osant pas rentrer, ils demeuraient là. Comme ils ne revenaient toujours pas le père s'impatienta et dit :

— Les coquins doivent jouer à un jeu quelconque qui les retient et leur fait oublier ma commission.

Il craignait de voir sa fille trépasser sans être ondoyée et s'écria dans sa colère :

— Je voudrais qu'ils fussent tous les sept transformés en corbeaux !

À peine eut-il prononcé ces mots qu'il entendit un battement d'ailes au-dessus de sa tête et aperçut sept corbeaux tout noirs qui s'avançaient.

Il était trop tard pour revenir sur la malédiction prononcée. Les parents se consolèrent cependant de la perte de leurs fils en voyant leur chère petite fille prendre des forces et gagner en beauté de jour en jour. Elle ignora longtemps qu'elle avait eu des frères, car les parents se gardaient bien de le lui apprendre, jusqu'au jour où elle entendit des voisins dire qu'elle était vraiment jolie, mais qu'elle était cependant cause du malheur de ses sept frères. Elle fut désolée à cette nouvelle et elle demanda à ses parents si elle avait eu des frères et ce qu'ils étaient devenus. Ceux-ci ne purent donc garder leur secret plus longtemps. Mais ils lui dirent que c'était la volonté du ciel et que sa naissance était la cause involontaire de leur malheur.

Cependant elle s'en accusait quand même et se dit qu'elle devait délivrer ses frères du charme qui pesait sur eux. Elle ne trouva de repos qu'elle n'eut parcouru l'univers entier à leur recherche et donc, elle quitta furtivement la maison. Elle n'emporta avec elle

qu'une petite bague en souvenir de ses parents, un pain pour la faim, une cruche d'eau pour la soif et une petite chaise pour la fatigue.

Elle allait sans cesse et toujours, jusqu'à ce qu'elle fût parvenue au bout du monde. Elle arriva jusqu'au soleil, mais il était trop chaud et mangeait les petits enfants. Elle le quitta en hâte et courut vers la lune, mais elle était froide, maussade et méchante. Elle dit en voyant l'enfant : « Je sens, je sens de la chair humaine ». Elle s'en retourna en hâte et parvint aux étoiles. Elles lui firent un accueil amical, et chacune avait son petit siège. L'étoile du matin se leva, lui donna un petit os et lui dit :

Les Sept Corbeaux

– Sans ce petit os tu ne pourrais
pas ouvrir la montagne de verre,
et c'est dans cette montagne
que se trouvent tes frères.

La petite prit l'os, l'enveloppa soigneusement dans son mouchoir et continua à marcher jusqu'à la montagne de verre. La porte en était fermée ; elle tira son mouchoir pour y prendre l'os : il n'y était plus, elle avait perdu le présent des étoiles. Que faire ? Elle voulait sauver ses frères et elle n'avait plus la clef de la montagne. La bonne petite sœur prit son couteau, coupa un de ses mignons petits doigts, le mit dans la serrure et parvint à l'ouvrir. Quand elle fut entrée elle vit venir à sa rencontre un nain qui lui dit :

— Mon enfant, que viens-tu chercher ?

— Je cherche mes frères, les sept corbeaux, répondit-elle.

Le nain dit :

— Messieurs les corbeaux ne sont pas à la maison pour le moment, mais si tu veux attendre leur retour, entre.

Le nain servit le souper des corbeaux dans sept petites assiettes et sept petits gobelets, et la petite sœur prit une bouchée dans chaque assiette et bol, une gorgée dans chaque gobelet ; dans le dernier elle laissa tomber la bague qu'elle avait apportée. Elle entendit soudain dans l'air un battement d'ailes accompagné de croassements, et le nain dit :

—Voilà messieurs les corbeaux qui rentrent.

Ils revenaient en effet, et voulant manger et boire se mirent en quête chacun de son assiette et de son gobelet.

L'un après l'autre se mit à dire :

— Qui a mangé dans mon assiette ? Qui a bu dans mon gobelet ? Des lèvres humaines y ont touché.

Et quand le septième eut vidé son gobelet, il sentit la bague. Il la prit, vit que c'était une bague de ses parents et dit :

— Plût à Dieu que notre petite sœur fût là, nous serions délivrés.

À ces mots, la jeune fille qui se tenait derrière la porte parut, et aussitôt les corbeaux recouvrèrent la forme humaine. Ils s'embrassèrent et s'étreignirent longuement et rentrèrent joyeusement chez eux.

La Guenon et la tortue

conte illustré par Estelle Chandelier

L a tortue, un beau jour, se prit de querelle avec son amie la guenon. La guenon disait :

« Un coup est bien pire qu'un mensonge. Un coup fait mal et un mensonge ne fait pas mal. »

Mais la tortue répondait :

« Le mensonge est bien pire. On peut toujours guérir une blessure avec des herbes et des onguents, mais rien ne peut guérir d'un mensonge ! »

« Essayons ! » dit la guenon.

« Entendu, répliqua la tortue ; à toi de commencer ! »

Et la guenon commença. Elle prit un couteau et en piqua la tortue jusqu'à ce que le sang coulât. Mais la tortue ne se souciait pas de la douleur, elle appliqua des herbes sur la blessure et, le lendemain matin, il n'y paraissait plus. On n'en voyait même pas la trace.

C'était au tour de la tortue de faire la preuve de ses dires. Elle acheta en cachette de la bonne viande, la découpa, la fit cuire, l'assaisonna et alla la suspendre à un arbre pour faire croire qu'elle y avait poussé. Quand ce fut achevé, elle alla trouver la guenon et lui dit :

« J'ai découvert un arbre sur lequel pousse de la viande rôtie. »

La guenon, bien étonnée, demanda :

« Et quel arbre est-ce donc ? »

« Je l'ignore, mais, si tu le désires, je vais te le montrer. »

Et elle mena la guenon vers l'arbre où pendaient les morceaux de viande. Celle-ci avait senti le délicieux arôme de la viande bien avant d'arriver. Elle grimpa sur l'arbre et se mit à manger. Elle ne s'aperçut pas que la tortue, cahin-caha, s'en retournait. La tortue se rendait au village. Elle s'arrêta auprès de la première hutte et engagea la conversation avec le chien. Elle lui dit :

« J'ai découvert un arbre
sur lequel pousse de la viande rôtie. »

« Et quel arbre est-ce donc ? » demanda le chien fort étonné.

« Je l'ignore, mais, si tu le désires, je vais te le montrer »,
répondit la tortue.

Et elle conduisit le chien à l'arbre où la guenon continuait
de ripailler.

Le chien sentit le délicieux arôme de la viande avant même
d'être arrivé. Il se précipita vers l'arbre, mais il y vit la guenon et se
mit à aboyer férocement. La guenon avait grand-peur du chien et
son appétit en fut coupé aussitôt. Elle se mit à jeter les morceaux
de viande au chien qui les avalait tout rond mais il ne s'éloigna
pas de l'arbre. Cela dura pendant trois jours et trois nuits. Le
chien, sous l'arbre, ne cessait de dévorer que pour aboyer

et la guenon, sur l'arbre, tremblait et mourait de faim car elle lançait toujours de la viande à son adversaire.

Le quatrième jour, survint le léopard. Il s'en allait à la chasse, quelque part du côté de l'arbre, et dès que le chien l'eut flairé, il s'enfuit vers le village. Mais cela ne soulagea pas la malheureuse guenon. Au lieu du chien, c'était le léopard qui la menaçait et il balançait s'il allait grimper dans l'arbre pour la déloger. À la dernière minute, cahin-caha, arriva la tortue et elle dit :

« Laisse donc cette guenon tranquille, léopard, ne vois-tu pas qu'elle est à moitié morte de faim et de peur. Il ne lui reste que les

os et la peau. Ce serait pour toi maigre chair ! »

« Tu as raison ! » gronda le léopard.

Et il s'en fut chasser plus loin. Finalement la guenon put descendre de l'arbre et la tortue lui dit :

« Tu vois bien qu'un mensonge fait plus mal qu'une blessure ! J'ai souffert quelques heures de la blessure que tu m'avais faite. Mais mon mensonge t'a tourmentée pendant trois jours et trois nuits et tu es loin d'en être remise ! »

Et, à la vérité, la guenon avait eu si faim et si peur qu'il lui fallut plus d'un mois pour s'en guérir.

Boudoulinek le désobéissant et compère renard

conte illustré par Laura Guéry

Dans une petite chaumière, vivaient un grand-père et une grand-mère avec un garçonnet, le petit Boudoulinek.

Tout le jour, le grand-père coupait du bois dans la forêt, la grand-mère ramassait des fraises, des framboises ou, en automne, des champignons et Boudoulinek restait à garder la chaumière.

Quand le grand-père et la grand-mère, de grand matin, s'en allaient, ils lui recommandaient :

« Garde bien la maison et n'ouvre la porte à personne. Si le loup ou le renard venaient à entrer, ils te prendraient et nous ne te reverrions plus jamais. »

Chaque matin, Boudoulinek promettait qu'il ferait bonne garde et ne laisserait personne entrer et, en vérité, pendant fort long-temps, il tint ses promesses. Mais un jour qu'il était assis près de la fenêtre et mangeait une bonne bouillie sucrée, vint à passer compère renard. Il vit Boudoulinek et lui cria :

« Boudoulinek, Boudoulinek, laisse-moi un peu de ta bouillie et je t'emmènerai te promener sur ma queue ! »

Boudoulinek aurait bien donné le reste de son écuelle au renard, et lui aussi il aurait bien aimé s'en aller promener sur la queue de l'animal, mais il se rappela ce que son grand-père et sa grand-mère lui avaient recommandé et il répondit :

« Je te donnerais bien volontiers de ma bouillie, mais je ne peux pas. Grand-père et grand-mère m'ont défendu d'ouvrir la porte et de laisser entrer qui que ce soit. »

Le renard ne s'embarrassa pas de si peu :

« C'est bien, Boudoulinek, n'ouvre pas la porte puisque c'est défendu, mais tu peux bien ouvrir la fenêtre ! »

Boudoulinek se laissa convaincre et ouvrit la fenêtre. Le renard sauta dans la salle, lapa le reste de bouillie puis dit :

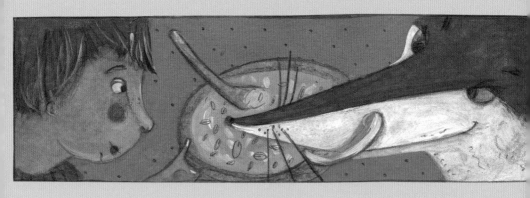

« Pour te remercier, je t'emmène en promenade. Assieds-toi sur ma queue. »

Boudoulinek prit donc place sur la queue du renard et notre compère commença à le promener, d'abord jusqu'au banc, puis à travers la chaumière, enfin, en sautant par la fenêtre, vers le bois ;

Boudoulinek avait à peine eu le temps de se rendre compte qu'ils s'étaient éloignés de la chaumière et se trouvaient déjà, auprès du gros chêne où le renard avait sa tanière. Boudoulinek prit peur :

« Ça suffit, compère renard, ramène-moi à la maison ! »

Mais le renard n'en fit rien :

« Ne crains rien, Boudoulinek, j'ai deux jeunes renardeaux, tu pourras jouer avec eux. »

Et toujours portant Boudoulinek, il sauta dans son trou ; il n'avait pas menti, il avait réellement deux jeunes renardeaux et Boudoulinek s'amusa avec eux toute la journée. Mais quand vint le soir, il demanda à retourner chez lui.

Mais le renard ne l'entendait pas de cette oreille et répondit :

« Pas possible, Boudoulinek ! Je n'ai pas le temps de te reconduire et, tout seul, tu te perdrais dans le bois. Il fait déjà nuit. Nous verrons cela demain matin. »

Le pauvre petit Boudoulinek éclata en sanglots, il voulait coûte que coûte rentrer à la chaumière, mais le renard et les deux renardeaux ne le laissèrent pas sortir.

Cependant, le grand-père et la grand-mère avaient regagné la chaumière et l'avaient trouvée vide. Quelle inquiétude !

« Seigneur, qu'est-il arrivé à notre Boudoulinek ? Qui l'a enlevé ? »

Juste à ce moment, passa la corneille qui leur dit :

« Qui a enlevé Boudoulinek ? Mais, c'est le renard ; il l'a emporté sur sa queue jusqu'à sa tanière, sous le gros chêne. »

Le grand-père et la grand-mère ne perdirent pas un instant. Le grand-père prit son violon et un sac, la grand-mère emporta un tambour et de la ficelle et les voilà partis vers le vieux chêne. Quand ils furent près du trou, le grand-père se mit à jouer du violon et la grand-mère à battre du tambour. Le renard n'aimait pas cette musique. Quand il l'eut entendue pour la troisième fois, il envoya un des renardeaux pour qu'il donnât une pièce aux musiciens et les priât d'aller musiquer ailleurs. Le renardeau sortit, mais avant même qu'il eût pu donner la pièce, le grand-père le fourra dans le sac que la grand-mère attacha avec la ficelle et ils se remirent à jouer.

Le renard en avait vraiment assez, cette musique lui faisait

mal à la tête. Il envoya le deuxième renardeau donner une pièce aux musiciens et les prier de prendre le large. Le renardeau sortit du trou mais n'eut pas le temps de prier les musiciens de s'éloigner. Le grand-père le fourra dans le sac que la grand-mère ficela et ils reprirent leur antienne.

Le renard ne pouvait plus supporter cette maudite musique. Il se précipita hors de sa tanière pour donner la pièce aux musiciens et les envoyer au diable. Mais, à peine avait-il sorti la tête que le grand-père l'attrapa et le fourra dans le sac que la grand-mère ficela.

Puis le grand-père cria :

« Boudoulinek, sors bien vite. C'est nous, grand-père et grand-mère ! »

Quel bonheur pour Boudoulinek ! Il se précipita dehors et se jeta au cou du grand-père et de la grand-mère. Puis tous trois s'en retournèrent à la petite chaumière.

Et les trois renards ? Hé bien, le grand-père leur rendit la liberté dès la sortie du bois, non sans leur avoir administré de forts bons coups de bâton pour les punir d'avoir emmené Boudoulinek et de l'avoir gardé prisonnier.

    Et Boudoulinek reçut aussi son dû, pour sa désobéissance :
et ce fut justice !

Le Vilain Petit Canard

conte illustré par Anne Defréville

Oh, qu'il faisait bon, dehors, à la campagne! C'était l'été. Les blés étaient jaunes, l'avoine verte, le foin était rassemblé en tas dans les prés, et la cigogne marchait sur ses longues jambes rouges et parlait égyptien, car sa mère lui avait appris cette langue.

En plein soleil s'élevait un vieux château entouré de douves profondes où poussaient des bardanes. L'endroit était aussi sauvage que la plus épaisse forêt, et là, une cane, sur son nid, couvait ses futurs canetons qui devaient bientôt sortir des œufs.

Enfin, un beau jour, les œufs craquèrent l'un après l'autre. On entendait « clac! clac! » : tous les jaunes d'œuf étaient devenus vivants et sortaient la tête. Il n'en manquait qu'un à l'appel, qui arriva après plusieurs jours.

—Voilà un caneton terriblement gros, dit la cane en conduisant toute la famille dans la basse-cour.

Tous y furent reçus gentiment, à l'exception du pauvre caneton qui était sorti de l'œuf le dernier. Il était si laid qu'il fut mordu, bousculé et nargué, à la fois par les canes, les poules et toute la basse-cour.

Et ça alla de mal en pis. Le pauvre caneton fut ensuite pourchassé par ses frères et sœurs eux-mêmes, qui lui disaient :

– Si seulement le chat t'emportait, hou, le vilain !

Et la mère ajoutait :

– Je voudrais que tu sois bien loin !

Alors un jour, il s'envola par-dessus la haie et parvint au grand marais habité par les canards sauvages. Il y passa toute la nuit, très las et très triste. Et, le jour suivant, il dut apprendre à fuir les chasseurs avec leurs chiens féroces. Mais ce n'était là que le début de ses mésaventures car tous les animaux qu'il rencontrait, sans exception, le dédaignaient à cause de sa laideur. Et même, souvent, les hommes et les enfants des hommes le pourchassaient de leur bâton en le menaçant.

L'automne arriva et, avec lui, le froid puis le gel. Le pauvre caneton n'était certes pas à son aise…

Un soir, comme le soleil se couchait, surgit dans le ciel superbe tout un troupeau de beaux, grands oiseaux, qui volaient haut, très haut, et le vilain petit caneton éprouva une impression étrange. Il se mit à tourner en rond dans l'eau comme une roue, tendit le cou en l'air vers ces oiseaux, poussa un cri si fort et si bizarre que lui-même en eut peur. Oh! Il n'oublierait jamais ces charmants oiseaux, ces heureux oiseaux! Sitôt qu'il ne les vit plus, il plongea jusqu'au fond de l'eau, et lorsqu'il revint à la surface, il fut comme hors de lui. Il ne savait pas le nom de ces oiseaux, ni où ils allaient, mais il les aimait comme jamais il n'avait aimé personne ! Il n'en était pas du tout jaloux : comment aurait-il pu avoir l'idée de souhaiter une telle grâce ?

Il aurait été heureux si seulement les canards l'avaient supporté parmi eux… pauvre vilaine bête !

L'hiver qui suivit fut glacial, et le caneton eut alors très très froid en se cachant dans les buissons couverts de neige. Et ce fut un bien triste hiver… Mais il pensait pour se réchauffer aux grands oiseaux blancs qu'il avait vus, haut dans le ciel…

Enfin, après des mois interminables, le printemps un beau jour arriva. Et, à la suite de cet hiver si rigoureux, ce fut une explosion de fleurs et de chants d'oiseaux. Toute la nature revivait ! Et tandis que le caneton savourait cette douceur, droit devant lui, sortant du fourré, s'avancèrent trois beaux cygnes qui battaient des ailes et nageaient avec grâce. Il reconnut les magnifiques bêtes, et les grands cygnes se mirent à nager autour de lui et à le caresser avec leurs becs.

Des petits enfants arrivèrent dans le jardin, jetèrent du pain et du grain dans l'eau, et le plus jeune s'écria :

– Il y en a un nouveau ?

Et les autres enfants étaient ravis :

– Oui, il y en a un nouveau !

Et ils battirent des mains et dansèrent en rond, coururent chercher leur père et leur mère. On jeta dans l'eau du pain et de la galette, et tout le monde dit :

— Le nouveau est le plus beau ! Si jeune et si joli !

Et les vieux cygnes le saluèrent.

Tout confus, le jeune cygne cacha sa tête sous son aile. Il ne savait plus où il en était ! Il était trop heureux, mais nullement orgueilleux, car un bon cœur n'est jamais orgueilleux. Il songeait combien il avait été honni et pourchassé, et maintenant il entendait dire qu'il était le plus charmant des charmants oiseaux ! Et les lilas inclinaient leurs branches sur l'eau jusqu'à lui, et le soleil brillait et le réchauffait.

Alors ses plumes se gonflèrent, son cou mince se dressa, et, le cœur ravi, il cria :

— Jamais je n'ai rêvé d'un tel bonheur, quand j'étais le vilain petit canard !

Quand compère lapin chassait avec le loup

conte illustré par Jérôme Brasseur

Savez-vous pourquoi le loup et le lapin ne sont pas bons amis? Je m'en vais vous le dire. Un jour, compère lapin et compère loup décidèrent qu'ils iraient à la chasse de compagnie; le lapin rabattrait le gibier, le loup le tuerait et tous deux feraient ripaille.

Mais de gibier, le lapin n'en eut guère; il pouvait bien galoper à en perdre le souffle, le loup s'en souciait comme d'une guigne! C'était lui qui faisait le partage et il s'attribuait les meilleurs morceaux. Quand le lapin se plaignit de cette injustice, le loup lui montra les dents. Compère lapin fut encore bien content qu'il ne l'eut point dévoré!

Le lapin était fort affligé et, du soir au matin, il se creusait la cervelle pour trouver un moyen de punir le loup de sa malhonnêteté. Perdu dans ses tristes pensées, il rencontra le chien.

« Qu'as-tu, petit frère, que tu ailles si tristement ? » demanda le chien.

« Comment ne serais-je pas triste ! » répondit le lapin.

Et il raconta au chien comment compère loup l'avait dupé lors du partage.

Le chien se mit à rire :

« Je connais bien ce coquin de loup : il agit toujours ainsi. Mais je veux te venir en aide. La prochaine fois, j'irai avec toi et quand vous aurez chassé, cache-moi dans les buissons. Tu verras ce que tu verras ! »

Le lapin fit confiance au chien. Il le cacha dans le sous-bois près de la clairière où avait toujours lieu le partage. Mais cette fois, à peine étaient-ils arrivés, que le loup tout à coup se détourna et sembla tout changé. Il avait flairé le chien et il avait peur. Le lapin s'en aperçut bien et dit :

« Hé bien, compère, que t'arrive-t-il ? Fais donc le partage ! »

« Bah ! mais non, répondit le loup. Fais donc les parts, toi, pour aujourd'hui ! »

« Mais pourquoi donc, mon compère, » dit le lapin, l'air étonné.

« Parce que le monde a changé ! » répondit le loup.

Mais le lapin ne voulut rien entendre, ne voulut pas faire les parts et ne laissa pas le loup en repos tant qu'il n'eut pas, lui-même, procédé au partage. Celui-ci choisit les plus beaux morceaux, les

déposa auprès du lapin et dit :

« Ceci est pour toi, et encore ça, et encore ça ! »

Il ne garda quasi rien. Le lapin n'en croyait pas ses yeux :

« D'où vient, mon compère, que tu partages si équitablement ? »

« Parce que le monde a changé, répondit compère loup. Jadis,
ici-bas, régnait l'injustice, mais depuis aujourd'hui règne la justice ! »

Puis il s'en fut emportant sa part.

Compère chien surgit des buissons et dit en riant :

« Tu vois, petit frère, même le loup aime la justice quand il a bien peur ! »

Compère lapin remercia grandement le chien et partagea le gibier avec lui. Il y en avait bien assez pour deux ! Mais il n'alla plus jamais à la chasse avec le loup. Compère loup ne l'y invita plus ; il ne voulait pas faire tous les jours un partage équitable. Il préférait encore chasser seul.

La Guerre des hiboux et des corbeaux

conte illustré par Éphémère

Un jour, les oiseaux tinrent conseil pour élire un roi. Après bien des discussions, ils choisirent le hibou. Mais alors qu'ils s'apprêtaient à le couronner, survint le corbeau qui s'était trouvé retardé. Et, avant de procéder à la cérémonie,

ils voulurent avoir son avis. Le corbeau n'approuva pas leur choix :

« Je n'ai rien contre le hibou, croyez-le bien, mais il ne convient pas de le nommer roi. Un roi doit être clairvoyant plus que quiconque et le hibou est aveugle pendant le jour. Un roi doit être modeste et le hibou ne cesse de se gonfler. Un roi doit se tenir toujours sous les yeux de ses sujets et le hibou reste tout le temps caché. »

Les oiseaux se rendirent aux raisons du corbeau et, abandonnant le hibou, ils donnèrent la couronne à l'aigle. Mais le hibou n'oublia jamais l'injure que lui avait faite le corbeau et ainsi débuta la guerre entre les corbeaux et les hiboux.

Une fois, les hiboux, pendant la nuit, attaquèrent les nids des corbeaux, en assommèrent un grand nombre et en tuèrent encore plus. Le lendemain, le roi des corbeaux convoqua ses conseillers et leur demanda ce qu'il convenait de faire. Le premier était d'avis de choisir une autre demeure, le deuxième d'attaquer les hiboux et de les exterminer,

le troisième de faire la paix avec leurs ennemis. Le plus vieux d'entre eux rejeta toutes ces propositions :

« Nous n'obtiendrons pas la paix, nous ne battrons pas les hiboux, nous ne trouverons pas une autre demeure. Il faut imaginer quelque bon stratagème. Arrachez-moi des plumes, laissez-moi près d'un nid et partez ailleurs avec vos familles. Quand les hiboux, profitant de la nuit, reviendront pour nous assaillir, ils me découvriront et m'emmèneront en captivité. Je ferai soumission et préparerai notre vengeance. »

Les corbeaux suivirent les avis du vieux conseiller. Ils firent tout ce qu'il avait dit : le plumèrent, le jetèrent à bas de son nid et s'en furent. Les hiboux arrivèrent à la nuit tombée et trouvèrent le nid des corbeaux vide. Ils ne trouvèrent que le vieux corbeau tout gémissant. Ils le firent prisonnier et le menèrent devant leur reine. La reine interpella le vieux corbeau d'un ton sévère :

« Parle ! Qui es-tu et que t'est-il arrivé ? »

« J'étais un des conseillers du roi des corbeaux, répondit le vieil oiseau. Mes frères m'ont banni parce que j'avais conseillé que nous fassions la paix avec vous. »

Les hiboux se récrièrent que c'était un espion mais l'humilité du prisonnier avait plu à la reine. Elle en fit son conseiller ; le corbeau lui suggéra de punir ses frères. Le projet obtint l'assentiment de la reine :

« Cela m'agréerait fort, mais où trouver tes anciens compagnons ? »

Le vieux corbeau répondit :

« Ne t'inquiète pas, ma reine, je les aurai bientôt trouvés. »

Et, bien vite, il
s'en fut retrouver ses
frères ; ils étaient ras-
semblés sur la place du
conseil. Il leur dit :

« Faites bien at-
tention à ce que je vais
vous dire. Les hiboux
ont élu domicile dans
les rochers. Rendez-
vous là demain, sur le
midi. Les hiboux seront
plongés dans le som-
meil. Apportez tous une
brindille sèche. Je m'ar-
rangerai du reste. »

Le lendemain, les
corbeaux se rendirent

aux rochers et bientôt un tas de brindilles s'amoncela sous la demeure des hiboux. Puis arriva le vieux corbeau.

Il portait dans son bec une braise qu'il avait prise au foyer allumé par les bergers. Il se précipita avec sa braise enflammée sur le tas de brindilles et, en un instant,

le château des hiboux fut la proie des flammes.

Ce fut ainsi que se vengèrent les corbeaux. Tous les hiboux périrent dans l'incendie et les corbeaux purent vivre en paix, désormais. Le vieux et sage corbeau périt aussi, mais il n'était pas mort en vain. Depuis ce jour, on parle toujours chez les corbeaux de leur sagesse et de leur courage ; mais l'un peut-il aller sans l'autre ?

Le Léopard faisant amitié avec le feu

conte illustré par Sébastien Chebret

Jadis, dans les temps très anciens, le léopard et le feu étaient bons amis. Le feu était alors jaune et rouge et le léopard avait un pelage blanc comme la neige des montagnes.

Chaque jour, dans sa fourrure blanche, le léopard allait rendre visite à son ami le feu. Il s'asseyait auprès de lui tenant conversation, puis s'en retournait. Mais le feu, lui, jamais ne se rendait chez son ami.

Un jour, le léopard demanda :

« Pourquoi ne viens-tu jamais me voir ? Moi, je viens chaque jour, mais tu n'as jamais pénétré dans ma demeure. »

« Tu as raison, répondit le feu. Mais c'est mieux ainsi. »

Le léopard s'en étonna :

« Mais, pourquoi ? Viens, je t'en prie ! »

« N'aurais-tu pas peur ? » demanda le feu.

« Je n'aurai pas peur », répondit le léopard.

Le feu dit :

« Réfléchis un peu ! Quand une fois je me suis mis en route, rien ne m'arrête ni ne me fais retourner ! »

Mais le léopard insista :

« Viens, je t'en prie encore ! »

Et, en vérité, le soir, le feu quitta sa hutte pour se rendre chez le léopard. Il avançait à travers les herbes, il avançait à travers les fourrés, il avançait à travers les bois, allant toujours plus loin. Là où il passait, tout se mettait à flamber ; il ne laissait derrière lui que terre brûlée et champ de cendres. Il arriva ainsi auprès de la hutte où vivait le léopard. Voyant ce ravage, le léopard fut pris de peur :

« Arrête, mon ami le feu ! s'écria-t-il. Ou plutôt, retourne ! »

Mais le feu continua d'avancer :

« Ne t'avais-je pas dit que je ne recule jamais ? »

Et il arriva au seuil de la hutte.

D'un coup, celle-ci ne fut plus que flammes ardentes. Le léopard s'en échappa juste à temps. Il sauva sa vie mais garda jusqu'à la mort les traces laissées par la visite de son ami le feu. Les braises tombant sur son pelage blanc y avaient imprimé à jamais des taches noires. Et depuis, il a si peur du feu qu'il ne le fréquente plus et qu'il ne vit plus dans une hutte comme jadis.

Le Loup et le vieux chien

conte illustré par Sandrine Morgan

Le berger avait un chien, un pauvre vieux chien : boiteux d'une patte, un œil qui n'y voyait pas et tous les crocs bientôt partis. Pourtant il servait son maître bien fidèlement. Quand il surveillait les moutons, le loup se tenait au large.

Mais le berger n'en était pas satisfait :

« Ce chien est vraiment trop vieux. Je m'en vais en chercher un plus jeune. »

Et il chassa la pauvre bête.

Le vieux chien se cacha tout près de la bergerie, dans un fourré ; et il avait si faim qu'il s'endormit.

Dans la nuit, le loup survint qui emporta une brebis mais le chien était si affamé qu'il n'eut pas la force d'aboyer. Et le jeune chien non plus n'aboya pas. Il s'était couché le ventre si plein et il dormait si fort qu'il n'entendit même pas le loup.

Quand, le lendemain matin, le berger s'aperçut qu'il manquait une brebis il se mit à regretter d'avoir chassé son vieux chien.

« Il était vieux, à moitié paralysé et aveugle, mais courageux et fidèle, il ne m'aurait pas laissé prendre une brebis », pensa le berger.

Et il rappela le vieux chien. Il lui donna à boire et à manger et le vieux chien reprit sa surveillance, fidèlement.

Quand, la nuit tombée, survint le loup, le vieux chien bondit à sa rencontre :

« Que viens-tu chercher ici, loup ? »

« Une brebis, répondit le loup, comme hier au soir ! »

Mais le vieux chien ne la donna pas :

« Rien à faire ! Tu en as pris une hier soir parce que j'avais si faim que je n'ai pas eu la force de t'en empêcher. Mais aujourd'hui, le maître m'a donné à manger et je ne te laisserai pas emporter une de nos brebis. »

« On verra bien, reprit le loup. Puisque tu te dis si fort, nous allons nous battre. Viens demain à la clairière au milieu du bois et amène deux de tes amis, je ferai de même. Nous verrons qui de nous deux est le plus fort ! »

Il s'en fut sur ces mots.

Le lendemain, le vieux chien vint à la clairière avec ses seconds.

Il avait choisi le chat et la truie. Déjà, le loup les attendait. Lui s'était fait accompagner du renard et de l'ours. Tant qu'ils ne furent qu'entre eux, ils plaisantèrent sur la raclée qu'ils allaient administrer au vieux chien. Mais, dès qu'ils le virent arriver, suivi du chat et de

la truie, ils se mirent à avoir peur. Le vieux chien claudiquait sur une patte et l'ours en fut effrayé :

« Regardez, mes amis, comme il s'incline à chaque pas, il ramasse des pierres pour nous assommer ! »

Le chat agitait sa queue et le renard en fut effrayé :

« Regardez, mes amis, comme il fait tourner son sabre ! »

Et la truie poussait des grognements de joie, tout heureuse d'aller se promener dans les bois, mais le loup en fut effrayé :

« Écoutez, mes amis, c'est le chef et il sonne l'assaut ! Il vaut mieux se cacher ! »

Il bondit derrière un rocher. Ses compagnons l'imitèrent sans attendre : le renard rampa sous les broussailles et l'ours grimpa dans un arbre.

Quand le vieux chien et ses compagnons arrivèrent dans la clairière, ils n'y trouvèrent plus personne. Puis le chat aperçut une souris dans les broussailles et bondit derrière elle. Mais le renard crut qu'il bondissait sur lui et, épouvanté, prit la fuite.

Sur quoi, la truie vit des glands au pied de l'arbre et, grognant

de plus belle, elle s'y précipita. Mais l'ours crut qu'elle voulait abattre l'arbre sur lequel il se cachait et, épouvanté, fila lui aussi.

Le loup, blotti derrière sa pierre, avait observé toute la scène. Quand il vit son armée en déroute, il détala.

C'est ainsi que le vieux chien chassa le loup pour toujours. Et son maître, le berger, en récompense de ses bons et loyaux services, le garda près de lui jusqu'à sa mort.

Le Renard puni
de ses mauvais tours

conte illustré par Julie Wendling

Maître Renard avait joué tant de mauvais tours à tous les autres animaux que tous le détestaient. Le singe non plus ne le portait pas dans son cœur et, dès qu'il avait le temps d'y songer, il cherchait le moyen de lui faire payer ses malices.

Il y réfléchissait si souvent et si profondément qu'il lui vint sur le front ces rides qu'on peut encore y voir.

Un jour donc, le singe vit le cheval qui, dans son pré, dormait profondément. Il était confortablement étendu dans l'herbe épaisse et sa longue queue s'étalait au soleil. Cette superbe queue donna au singe une idée plaisante.

Il descendit de son arbre et alla réveiller le lièvre qui, à quelques pas de là, faisait sa sieste quotidienne, caché dans les fourrés :

« Lève-toi, lièvre, et viens-t'en avec moi. Nous allons enfin tirer vengeance du Maître Renard. »

Et il expliqua son dessein qui plut fort au lièvre :

« Allons-y, singe mon ami. Ce rusé coquin recevra la leçon qu'il mérite ! »

Et ils s'en furent de compagnie au repaire du renard.

« Sais-tu, compère, quelle est la meilleure des viandes ? » lui demanda le singe.

« Par ma foi, non, répondit le renard, l'œil étincelant. Qu'est-ce ? Dis-moi ! »

« Hé bien, c'est le gigot de cheval, répondit le singe. Mais il n'y a qu'une seule façon d'y goûter. Le mieux est de lier sa propre queue à celle du cheval. »

Cette pratique n'était pas du goût du renard qui demanda :

« Et pourquoi faudrait-il m'attacher à la queue de cet animal ? »

« Parce que, reprit doctement le singe, autrement le cheval se secouerait et te jetterait à bas avant que tu n'aies pu tenter le premier coup de dent. »

« Cela semble juste, opina le renard. Hé bien, je vais encore y réfléchir. »

Il s'éloigna feignant de se soucier peu de goûter ou non au gigot de cheval. Mais ce n'était qu'apparence. Il se cacha dans les fourrés, puis prit sa course, se dirigeant droit vers le pré où reposait le cheval.

Le singe et le lièvre le suivirent doucement afin de jouir du spectacle et ils ne furent pas déçus. Le renard avait vraiment envie

de tâter du gigot de cheval. Il s'approcha tout doucement du cheval
endormi, tressa bien soigneusement sa queue aux crins de l'animal
puis lui sauta sur le dos.

Mais il fut loin de se régaler comme il se l'était promis.
Le cheval, réveillé du coup, se dressa sur ses quatre pattes, secoua
le cavalier importun et partit au galop. Le renard, lié à la queue, rebon-

dissait sur le sol et ce fut miracle qu'il ne se
rompît pas la tête sur les pierres du chemin.

Le singe, grimpé au plus haut d'un
arbre, riait à gorge déployée et riait tellement
qu'il tomba et se râpa le poil. C'est depuis ce
jour-là que les singes ont l'arrière-train sans
poils et tout rouge.

Le lièvre, lui, rit à s'en rendre malade !

Mais le plus mal en point, c'était
Maître Renard. Quand il réussit enfin à
démêler sa queue de celle du cheval, il était
plus qu'à moitié mort et il ne renouvela plus
jamais ce dangereux assemblage. Quant au
cheval, depuis ce jour, il n'aime plus s'étendre
dans l'herbe. Même quand il est très fatigué,
il préfère dormir debout.

L'Éléphant et la souris

conte illustré par Bruno David

Dans des temps reculés, un éléphant sauvage vivait à proximité d'un village. Il venait tous les jours boire de l'eau à la rivière et se moquait des éléphants apprivoisés qui avaient choisi de travailler pour les hommes. Il se moquait également des hommes qui labouraient leurs champs et souvent, pour s'amuser, il piétinait toute leur récolte de riz et la noyait dans la boue. Il n'y avait pas vraiment de méchanceté dans ses actes mais le résultat était pourtant cruel.

Celle qu'il faisait le plus souffrir était une petite souris qui vivait au bord de la rivière. Il remplissait sa trompe d'eau et inondait toute sa maison. La pauvre souris ne savait pas nager, il lui était donc fort difficile de lutter contre l'eau pour s'enfuir. De plus, elle était chaque fois obligée de construire une nouvelle maison pour ses souriceaux. Et où qu'elle déménageât, l'éléphant la retrouvait toujours.

Un jour, la petite souris décida de se rendre au village pour demander de l'aide aux hommes, car l'éléphant leur faisait autant de mal qu'à elle.

Elle s'adressa d'abord aux riches, mais ceux-ci préférèrent se

cloîtrer dans leurs maisons, estimant que leurs portails en fer pour-raient les protéger contre tout danger :

« Nous pouvons nous mettre à l'abri de l'éléphant, et nous n'avons que faire du mal qu'il peut causer aux autres.

— Nous, nous n'avons rien pour combattre, répliquèrent les pauvres. Nos mains sont vides, et qui oserait affronter un tel animal sans armes?

— D'accord, je vois que je vais devoir déclarer la guerre à cet éléphant toute seule, rétorqua la souris. Faites attention, une fois le combat commencé, prenez vos biens et sauvez-vous, sinon vous perdrez tout! »

Les pauvres promirent d'obéir à la petite souris, mais les riches se contentèrent de rire:

« Comment une si petite souris pourrait-elle combattre un énorme éléphant? »

La souris était certes petite mais elle était rusée et avait déjà un plan. Comme l'éléphant venait à son habitude à la rivière pour s'abreuver, la petite souris le guetta. Quand le moment fut venu, elle se faufila discrètement dans sa trompe, s'y dissimula puis se mit à sautiller, à mordre et à gratter avec ses griffes.

L'éléphant, ne sachant pas ce qui lui arrivait, s'élança hors de la rivière comme un fou. Les pauvres, dès qu'ils entendirent ses

barrissements, s'enfuirent juste à temps dans la forêt. Mais les riches, se croyant protégés par leurs portails, perdirent tous leurs biens car rien n'était assez solide pour arrêter l'éléphant. Dans sa colère, il écrasa tout sur son chemin. Il courut loin du village, tout en secouant sa trompe pour se débarrasser de cette chose étrange qui le faisait souffrir.

Une fois la nuit tombée, la souris se glissa hors de la trompe de l'éléphant et s'achemina vers sa maison. Les hommes l'attendaient pour louer son intelligence et la remercier d'avoir libéré le village de l'ennemi. Et, en effet, l'éléphant ne revint plus jamais en ces lieux.

La petite souris avait su affronter l'énorme éléphant. Cela peut sembler étrange qu'une si petite souris se joue d'un gros éléphant mais la force seule ne fait pas tout.

Le Lapin et le renard

conte illustré par Laurence Schluth

Jadis régnait une grande amitié entre le lapin et le renard. Ils allaient partout de compagnie, même aux assemblées. Le renard avait, dans un village, distingué une belle jeune fille et il allait lui faire sa cour, toujours accompagné de son ami lapin. Un jour, le renard attrapa un gros rhume, si bien que le lapin rendit seul visite à la jeune fille. Pour dire vrai, la promise de son ami était fort à son goût. Comme ils se débitaient des douceurs, on en vint à parler du renard :

« Bah ! ce renard, déclara notre lapin, je le connais bien ! C'est ma meilleure monture. Quand je veux me promener, je le selle et je vais comme un seigneur ! »

La promise du renard s'en étonna, mais le lapin maintint son propos : le renard était sa monture et rien d'autre ! Mais il se rendit compte qu'il avait été un peu loin dans la vantardise et qu'il fallait

prendre garde aux réactions du renard.

Il avait bien raison. Dès que le renard fut guéri, il retourna faire sa cour et apprit de la jeune fille, ce que le lapin avait raconté. Rouge de fureur, il se précipita chez le lapin, tambourina à sa porte en criant :

« Sors un peu, mon camarade ! »

Le lapin s'attendait à cette visite ; il répondit, d'une voix faible, comme s'il avait été sur le point de rendre son dernier souffle :

« Que veux-tu, ami renard ? »

« J'ai des explications à te demander, répliqua d'un ton peu aimable le renard : tu prétends que je suis ta monture ! »

« Ce n'est pas vrai, gémit le lapin d'une voix encore plus éteinte, je n'ai jamais rien dit de pareil. »

« Si ce n'est pas vrai, reprit le renard un peu plus calme, viens t'en expliquer avec ma fiancée. »

« Je le voudrais bien, mon cher ami, soupira le lapin, mais c'est impossible. J'ai fait hier une chute terrible et je ne puis me lever. Ou alors, il faut que tu me prennes sur ton dos. »

Le renard voulait se réhabiliter aux yeux de sa belle, il grogna :

« Bon ! Viens ! Je te porterai. »

Le lapin se traîna hors de sa chaumière, considéra le renard et dit d'une voix expirante :

« Ce n'est pas possible ainsi, ami renard, je ne pourrais pas tenir sur ton dos. Il faudrait que tu te mettes une selle et un licol, que j'aie quelque chose à quoi me retenir. »

Le renard était si impatient de confronter le lapin avec sa promise qu'il grogna :

« Bon ! Si tu veux ! Mais fais vite ! »

Le lapin apporta selle et licol dont il harnacha le renard, saisit un fouet et enfourcha sa monture.

Quand ils arrivèrent aux premières maisons du village qu'habitait sa promise, le renard s'arrêta et dit :

« Descends ici, compère, il ne reste plus que quelques pas à faire. »

Mais le lapin ne descendit pas, il cingla le renard de son fouet

entre les deux oreilles et celui-ci fila comme une flèche jusqu'à la
porte de la jeune fille. Alors, le lapin sauta à terre, attacha le licol à
un pieu, entra seul dans sa maison et déclara :

« Vous allez voir que je n'ai pas menti et que le renard est bien
ma monture. Regardez à votre porte ! »

Et le renard était là, la selle sur le dos, retenu à un pieu par son licol et bondissant de rage. Il tira si fort sur la corde que celle-ci se rompit, le renard s'enfuit et n'osa plus jamais reparaître au village.

Voilà comment le lapin se conduisit envers le renard. Il l'avait joué honteusement, mais depuis cette époque, il préféra se tenir loin de son ancien ami. Et il fait toujours de même car le renard n'a jamais pardonné la misérable posture dans laquelle l'avait mis le lapin et, chaque fois qu'il le peut, il le gratifie d'un bon coup de dent.

Le Jaguar guéri de son orgueil

conte illustré par Pascale Breysse

Il y avait une fois, dans la grande forêt, un jaguar qui était gonflé d'orgueil. Quand il partait en chasse, toutes les autres bêtes s'enfuyaient. Quand il hurlait, tous tremblaient. Quand il se montrait, tous étaient terrifiés. Mais lui ne fuyait devant rien. Lui ne tremblait jamais. Lui ne craignait personne. Mais un beau jour, il sut ce que c'était que d'avoir peur.

Il s'en revenait de la chasse et avisa sur le sentier un bonhomme rondelet qui portait sur une épaule le cadavre d'un tapir et sur l'autre une courte massue. Le jaguar ne l'avait jamais vu. Il fut fort surpris :

« Qui peut-il bien être : il ne s'enfuit pas devant moi ? »

Il se mit à l'affût derrière les fourrés. Quand le bonhomme rondelet ne fut plus qu'à deux pas, il sauta sur le sentier en rugissant. Le bonhomme rondelet s'arrêta :

« Tu m'as fait peur, frère ! »

Le jaguar grinça des dents :

« Et tu vas avoir encore plus grand-peur, frère. Attends que je te montre ce dont je suis capable ! »

Le bonhomme rondelet dit :

« Hé bien, vas-y, frère ! »

Le jaguar ne se le fit pas dire deux fois. Il montra les dents, sortit ses griffes et se mit à labourer le sol. L'herbe et la terre volaient de tous côtés ; ce fut merveille que le bonhomme rondelet ne fût pas enterré. Le jaguar cria orgueilleusement :

« Tu as vu, frère ! »

Et le bonhomme rondelet de répondre :

« Oui, frère, j'ai vu ! »

« Ce n'est pas tout », gronda le jaguar.

Il se mit à déchirer les buissons. Les branches et les feuilles volaient de tous côtés, ce fut merveille que le bonhomme rondelet ne fût pas écrasé. Le jaguar cria orgueilleusement :

« Tu as vu, frère ! »

Et le bonhomme rondelet de répondre :

« Oui, frère, j'ai vu ! »

« Et ce n'est pas tout encore ! » gronda le jaguar pour la troisième fois.

Il montra ses dents, sortit ses griffes et se mit à lacérer les arbres. Racines et rameaux volaient de tous côtés ; ce fut merveille que le bonhomme rondelet ne fut pas assommé. Le jaguar cria orgueilleusement :

« Tu as vu, frère ! »

Et le bonhomme rondelet de répondre :

« Oui, frère, j'ai vu. Et maintenant ? »

« Maintenant ? cria le jaguar, stupéfait. Hé bien, il faut me montrer de quoi tu es capable ! Sinon, je vais te dévorer ! »

Le bonhomme rondelet haussa les épaules :

« Bien sûr, je ne suis pas aussi fort que toi, frère ! Mais, si tu le désires, je peux te montrer de quoi je suis capable. »

Il déposa sur le sol le cadavre du tapir et prit en main sa courte massue. Il la fit tournoyer et des éclairs étince-lèrent autour de la tête du jaguar et le tonnerre se fit entendre. Car le bonhomme rondelet était le tonnerre lui-même. Il dit avec modestie :

« Tu as vu, frère ? »

Le jaguar, épouvanté, sauta sur un arbre et grogna :

« J'ai vu, frère ! Mais j'aimerais mieux que tu arrêtes ! »

Mais le bonhomme rondelet fit à nouveau tournoyer sa massue. Au-dessus des arbres, les éclairs zigzaguèrent encore plus et le tonnerre gronda encore plus fort ; l'arbre se fendit en deux et le jaguar chut sur le sol.

Le bonhomme rondelet dit :

« Tu as vu, frère ? »

Le jaguar, fou de terreur, se tapit dans une caverne :

« J'ai vu, frère ! Mais laisse cela ! »

Mais le bonhomme rondelet fit tournoyer pour la troisième fois sa courte massue. Éclairs et tonnerre se déchaînèrent au-dessus des rochers qui éclatèrent en mille morceaux ; ce fut un miracle que le jaguar ne fût pas écrasé. Il s'enfuit à toute vitesse. Le bonhomme rondelet lui cria :

« Tu as vu, frère ? »

Et le jaguar courait toujours et suppliait :

« J'ai vu, frère, mais, je t'en supplie, aie pitié de moi ! »

Le bonhomme rondelet eut pitié du malheureux animal :

« Entendu, frère, je veux bien t'épargner. Mais, dorénavant, cesse de te vanter à tout moment et laisse là ton orgueil imbécile. Tu as vu que tu peux trouver ton maître. »

Depuis ce jour, le jaguar cessa de se vanter et ne fut plus si orgueilleux. Et, dès qu'il entendait le tonnerre, il courait se cacher dans la caverne la plus profonde.